13ª edição

Telma Guimarães Castro Andrade

ENTRE LINHAS
ADOLESCÊNCIA

Rita-você-é-um-doce

Ilustrações: Ricardo Montanari

Conforme a nova ortografia

ATUAL EDITORA

CB060663

Série Entre Linhas

Editor • Henrique Félix
Assistente editorial • Jacqueline F. de Barros
Revisão • Pedro Cunha Jr. (coord.)/Célia Camargo/Renato Colombo Jr.
Elza Gasparotto/Debora Missias

Gerente de arte • Nair de Medeiros Barbosa
Supervisão de arte • Marco Aurélio Sismotto
Diagramação • Lucimar Aparecida Guerra
Assistente de produção • Grace Alves
Projeto gráfico de capa e miolo • Homem de Melo & Troia Design
Coordenação eletrônica • Silvia Regina E. Almeida

Suplemento de leitura e projeto de trabalho interdisciplinar • Isabel Cabral

Dados Internacionais de Catalogação na Publicação (CIP)
(Câmara Brasileira do Livro, SP, Brasil)

Andrade, Telma Guimarães Castro
  Rita-você-é-um-doce / Telma Guimarães Castro Andrade ; ilustrações Ricardo Montanari. — 13. ed. — São Paulo : Atual, 2009 . — (Entre Linhas: Adolescência)

  Inclui roteiro de leitura.
  ISBN 978-85-357-1026-7
  ISBN 978-85-357-1027-4 (professor)

  1. Literatura infantojuvenil I. Montanari, Ricardo. II. Título. III. Série.

                              CDD-028.5

Índices para catálogo sistemático:

1. Literatura infantojuvenil   028.5
2. Literatura juvenil   028.5

Copyright © Telma Guimarães Castro Andrade, 1991.

SARAIVA S.A. Livreiros Editores
Rua Henrique Schaumann, 270 — Pinheiros
05413-010 — São Paulo — SP
Fone: (0xx11) 3613-3000
Fax: (0xx11) 3611-3308 — Fax vendas: (0xx11) 3611-3268
www.editorasaraiva.com.br
Todos os direitos reservados.

13ª edição / 3ª tiragem, 2018
Impressão e Acabamento:Gráfica Bueno Teixeira

Visite nosso *site*: www.atualeditora.com.br
Central de atendimento ao professor:
0800-0117875

Sumário

Voltei 5

Errar é humano? 9

Voltar também é... 12

Dia de cão 15

Quem não tem cão... 17

Amor à primeira aula 19

From the bottom of my heart 21

De onde vim? 23

Agosto — Sexta-feira — 13 26

Parabéns pra mim 27

Miami 29

Trote nele 31

Amargo regresso 32

Onde errei? 34

Mãe pode? 35

Alice no país da gravidez 37

Anato-Rita 39

Espécies raras *by* meu pai 41

Ed Morte 42

Procura-se Rebeca desesperadamente 44

Na pista de Agatha 46

Passei! 47

É Natal 48

Férias 50

Tudo por um emprego 52

O que o olho não vê... 54

Integradão 56

Esperar é preciso! 58

Dialogar é necessário 60

Só a ver... 62

Dancei 64

Acampada 66

De novo, mãe??? 68

Dia da Criança (atrasado) 70

Síndrome de vestibular 72

Passou e foi ao cinema 73

Banho de loja 75

O diário de Rebeca 77

A autora 78

Entrevista 79

Para
Carmen, Madá, Deta e Lena,
que também são "uns doces"!...

Voltei

Queridíssimo sr. Diário. Não. Caro sr. Diário. Também não. Diarião. Voltei. Rita contra-ataca. Não. Rita não contra-ataca, não. Rita tacou foi uma canelada no Edgar.

Imagine só! Veio me buscar em casa pra darmos uma volta.
— Vamos fazer uma festa pra Renata? Vai ser tipo surpresa.
— Topo.
— Temos que arrumar roupa de palhaço. A festa vai ser à fantasia.

Achei a ideia bárbara. Renata ia chegar de Londres, depois de passar uns tempos com a mãe e o sexto marido. Estava morta de saudades dela, louca pra saber das novidades, dos garotos londrinos, do Big Ben e de outras coisinhas mais.

Edgar já havia falado com os meninos. As meninas ficaram por minha conta.

Em três dias arrumei tudo. Foi um tal de "empresta gravata de bolinha dum, chupeta doutro". As meninas deixaram tudo por minha conta, naquele tipo "Rita-você-é-um-doce". Arranjei umas roupas de antigos carnavais da mamãe. Cheiravam a naftalina, mas eram bárbaras.

Tanto esforço pra ser magra e agora tacava espuma aqui e ali pra ficar mais gorda.

Mamãe chegou da clínica bem a tempo de me ajudar.

— Peraí que eu te arrumo um nariz de palhaço, Rita.

Cartola da Rebeca, roupa da mamãe, gravata do papai, nariz do Rô, pintura minha, sacolão de tranqueiras para as meninas montarem suas fantasias.

Quando Rebeca me viu, deu um grito:

— Credo, cê parece palhaço, Rita!

— Ainda bem que não pareço um elefante-baleia.

— Cê me leva no circo?

— Esse circo não é pra você. É pra maiores de catorze como eu.

— Mas eu já tenho quatro, Ri!

Explicações aqui e ali, peguei meu prato de salgados, a sacola das meninas e saí voando para o portão. Fiquei esperando por mais de meia hora o Ed passar. Maquilagem derretida, vontade de fazer xixi, gozação de motorista.

— Cara de palhaço, pinta de palhaço — gritou um moleque.

Já estava ficando pê da vida quando o Ed apareceu. De bicicleta.

— Não consegui a moto do meu pai. Tive de apelar pra *bike* mesmo.

Só eu pra arrumar um namorado chamado Edgar, com um irmão Conan Doyle, uma irmã Agatha, pai motoqueiro, mãe levemente pirada. De quebra, namorada palhaça.

— Cadê sua roupa de palhaço? — estranhei.

— Achei que já era um grande palhaço em potencial. O pessoal deve estar prontinho. O pai dela está no aeroporto. Sobe logo, Rita!

A palhaça assassina. Sei que seria um bom filme para o Cine Portugal, mas não pegaria bem para a filha do meu pai —

eu. "Filha de veterinário-chefe do Bosque mata o namorado com um saco de risadas explícitas-estúpidas." O Ed-terror me disse bem na cara dura:

— Será que eu aguento você com todo esse peso na garupa?

Foi o começo do fim. Respondi que, para aguentá-lo, teria de ter todo o peso do mundo.

Bem, Diário, o fim não foi bem aí.

Assim que chegamos no *apê* da Rê, tive um semiataque.

— Ih, esqueci de vir à fantasia, Ri... Mas você está uma gracinha!... — A Sílvia de sempre-me-esqueço-de-alguma-coisa.

— Baratinho, Rita. Você é sempre tão criativa!... — Jô, lógico. Se olhar matasse, estaria dura e seca (morto seca rápido?). Fez de propósito. Sabia que eu traria a roupa e se fez de desentendida.

— Rita, desculpa não ter vindo a caráter, mas achei que ninguém vinha. Se eu soubesse que você tinha levado a sério... — Gi me consolou.

Só que aí não tinha mais jeito. O negócio era "enfiar a chupeta no saco" e aguentar a gozação.

Arrastei o Ed para um canto.

— Como é que você me apronta essa? Que cara eu fico agora?

— Ri, larga mão, avisei todo o povo da roupa... Mas eles vieram desse jeito que você tá vendo. A culpa agora é minha?

— É. Se você tivesse vindo como eu, não ficaria me sentindo besta sozinha.

A porta da sala abriu. Renata chegou com o pai e aí foi aquela festa. Por uns minutos esqueci o meu vexame e minha palhacice, dei um pulo nela e foi aquele carnaval. Renata me salvou:

— Rita, é você mesma? Veio assim pra mim? Amigona, gente!

E soltou elogios pro meu lado. Seu Alexandre me pegou no colo e começou a fazer brincadeiras comigo como se estivéssemos num circo. Tirou o meu nariz de palhaço, colocou no dele e disparou:

— Hoje tem marmelada?
— Tem!
— Hoje tem goiabada?
— Tem!
— E a Rita, o que é, o que é?
— É ladra de corações — gritou um cara bárbaro, totalmente desconhecido.
— Ei, pessoal, esse é o Bruno, que veio de Londres comigo. É filho da ex-esposa do atual marido da minha mãe.

Após os comes e bebes, brincadeiras com a Rê, aguentando o Ed com um bico até o pé, o Bruno me segura pelo braço.
— Quer roubar meu coração?
— Vou achar ótimo! — respondi.
— Só que o coração dela já tem dono!

O Ed tinha que entrar no meio da conversa.
— Em coração de palhaço sempre cabe mais um — o Bruno retrucou.

Me achei o máximo por dez gloriosos segundos, no meio dos dois... Até que aparece a Jô e gruda no Ed. Se tirasse um raio X sairia um só na chapa, tão grudados ficaram.
— Se quiser sair comigo de novo é só dizer. Ontem estava tão bom!...

Onde entra a canelada? Bem aqui. Bom, não foi só no Ed. Acertei também o Bruno, que ficou sem entender nada.

Sabe que eu até que levo jeito pra capoeira?

Falando sério, Diário, saí de lá uma verdadeira onça brava. Ainda bem que íamos viajar. Não quero nem olhar pra cara do Edgar.

Errar é humano?

Fomos viajar no carnaval. O Rô descobriu uma casa super em conta em Viramar. Os pais da Antonieta também foram e rachamos as despesas. Estava louca pra ver o Rô. Ele fica uns bons tempos sem nos visitar. Papai fez os contatos pra alugar a casa, por telefone, com o Rô, que providenciou tudo.

Saímos (sem bichos) na quinta-feira cedinho. Papai, muito distraído, em vez de levar o *Guia Quatro Rodas*, havia pegado o *Zoológico de cabo a rabo*, da mesma cor e tamanho.

— Errar é humano, gente! Estava sem óculos.

— E agora, pai? A gente *tamos* perdido?

— Quietinha, Rebeca — tranquilizou mamãe, com cara de Chapeuzinho Vermelho perdida em floresta.

Floresta era pouco. A cidade que procurávamos, sem guia, ficava pra lá de onde Judas perdeu a sandália (naquele tempo não se usava bota, certo?). A cada meia hora, papai parava o carro pra espiar alguma ave ameaçada de extinção.

— Luís, estamos sendo devoradas por borrachudos e você aí procurando passarinhos?

Papai resolveu deixar o binóculo para depois que encontrasse o caminho certo.

Decidimos parar em Brucutu da Serra. Conseguimos umas informações, a muito custo, com o prefeito-hoteleiro-quitandeiro-dono do posto de gasolina-frentista: erráramos o caminho apenas cem quilômetros.

Paramos uns vinte quilômetros adiante na Barra do Coitado, na Pousada do Neca. Descobrimos, até que dando boas risadas, o porquê da Barra, do Coitado e do Neca.

— Seu Neca, tem uma cervejinha gelada?

— Neca. Só pinga, da boa. Marca Peru Selvagem.
— Seu Neca, dá pra fazer um sanduíche de queijo?
— Neca. *Cabô* o queijo. Só pão com margarina. No capricho.

Realmente, o lugar era uma "barra". Não só para o Neca mas para a Rebeca que, enjoada, vomitou no pé da mamãe.

— Tinha de ser no meu pé! Não podia ser em cima do...
— No meu *Zoológico*, não! — papai adivinhou.

Rodamos mais uns 130 quilômetros. Papai era *expert* em entrar em picadas no mato, dizendo serem "caminhos naturais".

— A essa hora da noite, de carro, com o pé cheirando azedo, não dá! — mamãe reclamou.

Depois de algumas orelhadas, acabamos chegando. A cidade era pequena, superdiferente, cheia de caiçaras. A casa era uma gracinha, bem em frente ao mar. Os pais da Antonieta já haviam arrumado o lanche da tarde, comido e feito um outro pra nós, que chegamos de noite. Eles estavam preocupados com a nossa demora. Pulei em cima do Rô e ficamos abraçados um tempão.

— Como está o segundo ano? Pior que o primeiro?
— De doer, Rita. A sorte é que arrumei um trampo na agência do pai da Nieta. A faculdade tá cara.
— Trampo?
— É, emprego, trampo, bico. Dá no mesmo. O pai dela veio de vez pro Brasil e me arrumou um trampo de *frila* na agência.
— Frila?
— *Free-lance*, Ri. Uns desenhos aqui e ali e já dá pro fim de semana. Assim não pesa pro pai.

Nieta ficou meio enciumada.

— A namorada sou eu, Rô.

Foi divertido. Desarrumamos malas, comemos, bebemos, dormimos. De manhã, papai atacava de superpai com a Rebeca, conversava em italianês com o seu Tito... Sempre arrumando um tempo pra olhar a flora e a fauna locais. Mamãe ficou à vontade com a dona Bela. As duas pareciam lagostas torrando ao sol.

No sábado à noite fiquei super baixo-astral. Resolvi contar meus grilos Rita-Edgar pro Rô. Perambulei pela praia até encontrá-lo. Quem procura acha... Achei, mas não foi nem na TV Mundo nem no SNT: Rô beijando a Nieta, um beijo que não acabava nunca. Droga! Fiquei morrendo de raiva. Meu irmão não tinha mais tempo pra mim. Pra beijos bem que ele tinha!... Voltei pra casa. Rebeca já estava dormindo de velho. O pessoal jogando baralho. Fui pro meu quarto e me atirei na cama. Chutei meu namorado, perdi meu irmão. Onde foi que errei?

Errei. Cinco minutos depois que parei de encharcar o lençol, abri a porta do quarto e falei, irritada:

— Enquanto vocês estão jogando baralho, estão perdendo um beijo longa-metragem dos dois. Cine Areia, sessão das dez. De graça.

Cara de espanto dos quatro. Mamãe largou o baralho e me puxou pro quarto.

É, Diário... E desde quando beijar é errado?

Mamãe arrumou aquele seu "saco" tamanho-mãe e conversou comigo.

— Exagerou na canelada, Rita. E também no dedo-duro.
— É, mãe... Pisei na bola. Errar é humano, né?
— Beijar também, filha.

Eu estava cansada de saber disso. Fui dormir com vontade de ir embora e dar um beijo (nem que fosse um "curta") correndo no Ed. Sem canelada.

Voltar também é...

Um mês inteiro estudando pras primeiras provas! Primeiro ano do ensino médio é fogo! Fogo pior foi ficar sem olhar pra cara do Ed. Ainda bem que ele está no terceiro ano de novo, e a gente só se cruza no intervalo.

Ontem fez um calor de arrebentar. Acabei a Educação Física e meti minha cabeça numa pia do ginásio de esportes pra refrescar a cuca e o miolo. Quando ia saindo dali, dei de cara com o Ed. Tentei fazer um olhar tenebroso número 6, mas acho que acabei fazendo um de "peixe morto", se é que peixe morto olha.

— Rita, preciso falar com você.

Pronto. Era o fim. Precisava ter me preparado mais pra ouvir isso. Parecia filme, um desses preto e branco que meus pais ainda assistem pela telinha.

— Estou com pressa. Tenho aula.

— Passo na sua casa hoje. E, antes que você diga que vai estar ocupada fazendo não sei o quê, eu passo do mesmo jeito. Ah, a minha canela está doendo ainda. Tapa de amor dói, sabia?

Sabia. Não teve jeito. Fiquei "passada", levei bronca da dona Guiomar na aula de Química, fiquei por fora na Física, dancei na análise de textos. Fui pra casa sem saber se ficava com medo de ter botado tudo por água abaixo ou se ficava feliz por colocar um "*The End*" no Ed.

Alice me chamou pra jantar. Mamãe não havia chegado do consultório nem papai do Bosque. Deixei Rebeca rabiscar meus cadernos pela primeira vez, sem reclamar.

— Rita, tem bucho!

Bucho tava eu. Me olhei no espelho e não gostei do que vi. Havia acumulado pela minha vasta anatomia algumas "arrobas" a mais, por causa dos bombons e afins. Pura insegurança emocional. Pura malandragem, Rita! Comer sempre fora um dos meus pecados mais que capitais. Culpar minha insegurança emocional a troco de quê? Vi uma Rita boba, medrosa, agressora de canela de namorado. Peguei o telefone e liguei pro Rô. Insegurança, Parte II.

— Pronto.

— Rô, é a Ri. O que eu faço com o Ed?

Rô se assustou.

— Calma, calma. Ele ainda tá vivo depois da surra?

— Foi só um chute na canela, pô.

— Rita, cresce, vai! Bate um papo com ele, numa *nice*. Relaxa e vai fundo. Nem que seja pra dar um tempo, menina.

— Não sou menina, lembra?

— Bom, a gente não vai discutir por telefone, né? Interurbano sai caro. Cadê a mamãe?

— Os dois ainda não chegaram e o Ed vai aparecer logo por aqui. Não sei o que falo pra ele.

— Começa dizendo que mandei um abraço.

Desliguei. Rô sempre me acalmava. Não consegui me manter *cool* com a Alice gritando "Olha o bucho" a toda hora. Nem bem acabei de me arrumar e a campainha tocou. Saí voando. Não. Correndo desesperadamente para abrir a porta a passo de calmíssima.

— Posso entrar?

— Meus pais ainda não chegaram.

— Bucho na mesa! — Alice berrou.

— Eu sei, mas preciso entrar pra falar sossegado com você.

Entrou e sentou.

— O Rodolfo mandou um abraço — comecei.

— Estou esperando — ele avisou.

— O quê?

— Pode deixar. Eu mesmo dou.

E me deu um abraço gostoso.

— Isso quer dizer que voltamos? — arrisquei.

— E desde quando saímos? — ele perguntou.

Pronto. Assim que mamãe chegou, Rebeca atacou de:

— Mãe, os dois deram um abraço de urso! E eu ganhei um beijo dele.

Eu também, Diário. Continuo completamente amarradona nesse cara!

Dia de cão

O Week-end para Cães e Gatos estava indo de vento em popa, como diz papai, até que na semana passada apareceu uma madame aqui chamada mme. Benolda, costureira que virara modista. Trouxe um cãozinho *poodle*, com lacinhos até nas orelhas.

— Dr. *Luí*, esta *ser* Xouxou, *mon docinhô* de *cocô*.

História vai, vem e volta, ela deixou Xouxou no canil porque iria passar alguns dias num *spa*. Eu ri, muda, pois na verdade a madame precisaria ficar três anos num *spa* pra perder um terço do peso. Antes de sair, fez mil recomendações: a Xouxou (uma cadelinha bem da sem-vergonha) era alérgica a perfumes nacionais, a ração nacional, a cachorro, gato e animais em geral sem *pedigree*, a talcos de origem duvidosa, a sais de banho sem a marca Vaticário. Deixou uma senhora mala só de lacinhos marca Estica-Pega-e-Puxa, coleiras, toalhas de banho Banhex, cesta, pratinhos pra refeições leves.

Papai fez o possível pra colocá-la longe dos cachorros, gatos e outros bichos de procedência duvidosa, pra evitar aporrinhação. Passou o número de seu *bip* pra madame, que saiu, com chofer e tudo, em prantos de "saudades de Xouxou".

Primeiro dia, pleno feriado, perfeito. No segundo, a coisa engrossou. Não sei como, a tal da Xouxou se engraçou com um *setter* misto de qualquer outra raça e foi a maior latição em plena Semana Santa. Falta de respeito! Acho que a *poodle* havia trabalhado em circo. Na calada da noite, conseguiu passar por um vão do canil, indo ao encontro do amado, que dava, exatamente, seis vezes o tamanho dela.

Rebeca sempre acordou mais cedo que o resto do povo. Rô tinha vindo para o feriado e dormia feito pedra, se é que pedra dorme.

— Pai, vem ver que *bonitchinho*.

Ele levantou dormindo e foi aquele susto: Xouxou e Astro na maior transa. Um custo pra separar. Nem com água gelada. Descobriu que a cadelinha estava no cio.

— Se ela tiver cachorrinhos, morre ou mata a dona de susto!

O mal-bem estava consumado. Alice confirmou:

— Gracinha, dona Ivete. Os dois *namoraro* a madrugada *intera*. Assisti tudo. Fui *dormi* porque não teve *manera* de *separá* os *bicho*, não.

Depois de uns dias mme. Benolda veio buscar a cachorrinha-cachorrona que latia sem parar.

— *Parrece* que ela *non gostarr* muito daqui, *non* Xouxou?

Xouxou latia.

— *Lugarrr* cheio de *cachorrros* feios, sem *pedigree*, *non mon amour*?

Ela não parecia concordar. Esse latido era choro. Choro de "não me deixe".

Um mês e lá volta a dita, que até esqueceu do sotaque francês:

— Minha Xouxou está grávida. Só pode ter sido daquele cão sem-vergonha do senhor. E agora, o que é que eu faço?

Mamãe interveio, toda delicada:

— A senhora não era vizinha de fundo da dona Cotinha? Se não me falha a memória, a senhora fazia os acertos nas roupas. Lembra de mim? Sou a Ivete!

A madame achou melhor puxar o carro, com motorista, Xouxou e tudo, incluindo o pai da criança, isto é, dos futuros filhotes. Por insistência da Xouxou, levou o coitado do Astro, que estava à venda. Tudo por um bom preço. Tudo também pra não espalharmos que não era francesa. Tudo pra não ser mais aquela do "fundo da Cotinha". Tudo pela Xouxou.

Quem não tem cão...

No fundo, papai sabia que o Week-end para Cães e Gatos tinha dias contados. Muita miação e latição pra uma casa só. Era vizinho reclamando do barulho o tempo todo. Bem, até que era um *week-end* comportado. Latiam, miavam e cantavam estritamente o necessário, como quando, por exemplo, um não ia muito com a cara do outro, ou mesmo quando papai precisava aplicar uma injeção contra qualquer coisa. Infelizmente, ele ainda não havia descoberto no seu *Zoológico de cabo a rabo* uma injeção à prova de vizinho raivoso. Achou por bem tirar os cães do Week-end, deixando apenas gatos silenciosos, canários afônicos, peixes com *glub-glub* baixinho, papagaios mudos, tartarugas e outros bichos idem. Trocou a tabuleta da frente por uma outra, hilária: Pousada do Sossego.

No primeiro fim de semana, uma senhora tocou a campainha, perguntando:

— O senhor também aceita crianças?

— Só se miarem — respondeu o Rodolfo.

Depois de duas mil risadas e tirações de sarro dos vizinhos mais animados por se livrarem do barulho, apareceu o primeiro gato.

— Apenas dois dias, dr. Luís. Aqui tem comida pra gato (ficamos de olho no filé *mignon* do bichano), xampu, condicionador, mamadeira. Só um probleminha: gosta de ouvir músicas de ninar... com exceção, é claro, de *Atirei o pau no gato*. Ela é muito sensível.

Penélope virou rapidamente a mascote da casa. Não conseguimos deixá-la no gatil com os outros gatos, por ser realmente introvertida. Mamãe precisou ficar em cima da Rebeca, que vivia levando a gata pro quarto, colocando lenço na cabeça dela, fralda no bumbum.

Ontem à noite o negócio ficou mais sério (apesar de darmos boas risadas depois). Na calada da noite, depois de fazer a ronda pelas gaiolas, aquários e gatis, papai veio cobrir a gente. Sabe o tipo protetor-cobre-filho-grande? Pois é. Deu de cara com a Penélope agarradinha na Rebeca. Além de dividirem a cama, a gata chupava a chupeta da Rê. Mamãe tentou tirar a bichana, mas, a cada tentativa, Rebeca a apertava mais ainda. Acordou minha irmã e pediu:

— Solta a Penélope, filha.

Ela acordou *sonadérrima* e, quando viu que sua chupeta estava com a gata, disparou:

— Só se ela devolver a minha pepê!

Dona Zezé veio buscar a gata hoje. Quando papai acabou de lhe contar a história, ela comentou:

— Quem sabe sua filha larga de vez a chupeta. Penélope safadinha, hein? Vou comprar uma dúzia dessas chupetas. Qual a marca, dr. Luís?

— Da Tillo, ortodôntica — papai respondeu, animado, pensando na quantidade de chupetas que ela mandaria para a Rê.

— Ótimo. Mamãe compra pra você, viu, Penélope?

E, depois de pagar as diárias, saiu toda feliz com a gata, que chupava a chupeta e segurava uma fralda da Rebeca.

Pode?

Amor à primeira aula

Começar um curso de inglês foi ótimo. Melhor mesmo só o professor que me deu aula. Sentei até na fila do gargarejo: *jeans* colado (graças ao meu regime da boca trancada), cabelo solto e um batonzinho. O professor estava com um *jeans* bem desbotado com uns rasgos, camiseta branca básica, um tênis bárbaro, superqueimado de sol. Ele deve ter uns vinte e poucos anos; cabelos pretos, olhos azul-marinho de tão pretos. Cada vez que me fazia uma pergunta, eu ficava sem voz. Não conseguia fazer um exercício direito. Até que ele perguntou:

— *Are you shy?*

E eu lá ia sacar o que era *shy?* Na dúvida, respondi:

— *Sometimes.*

— A classe riu. Fiquei branca.

— O exercício pede pra responder *"No, I'm not".*

Mais risos. Na saída derrubei todos os livros e cadernos no chão. Juro que não foi de propósito. Não sabia se abaixava ou não. A calça estouraria inteira. Quem mandou comprar um número menor, Ritoca? Ou será que andei crescendo? Dizem por aí que sim!

— Pronto. Rita, não é?

Respondi com um "vermelho-obrigada".

— *Are you shy?* — ele insistiu.

— *No, I'm not* — respondi.

— Agora pode dizer o *"sometimes"* se quiser. Não estamos na aula. Pelo modo que ficou vermelha parecia até minha irmã mais nova.

Fria. Sempre tem uma irmãzinha no meio da história. A única coisa que consegui responder foi um "ah!". A Jô, que também fazia inglês, chegou na hora e me chamou. Fiquei meio pê porque estava doida pra continuar o papo. O Marco pediu *excuse* e entrou em outra classe.

— Atrapalhei alguma coisa, Rita?

— Não, Jô. Papo de aluna e professor.

— *Hummm*... Achei que tivesse passando o Ed pra trás!

Pô. Eu não estava fazendo nada errado... Pelo menos por enquanto. Di, não aguento esperar a aula da semana que vem.

From the bottom of my heart

Droga. Ed me ligou. Disse que ia me esperar na saída do inglês. Alegria de Rita dura pouco. Ele não tinha saído com a Jô? Que mal tinha esticar um papo com o professor? *Just friends, dear Diary, just friends. And this was just the beginning. Rita was going to attack again. Rita, Part II.*

Começou a aula. Desta vez caprichei: um bom xampu, encharquei-me de perfume, pus meus óculos fundo de gaveta pra dar um ar de intelectual. Professor gosta.

Marco entrou, me deu uma bela conferida e começou a aula. Uma das meninas de trás, a Tuca, não parava de dar risadinhas. Ele não gostou. Passou uma série de exercícios pra ela. A bandida tirou de letra. Era muito boa. Conversa vai, vem, exercício fica, uma piadinha em inglês pra descontrair o pessoal, e a aula acaba. Dei uma enrolada pra poder ficar por último, mas a tal da Tuca teve a mesma ideia que eu. Roubar ideia não vale, pensei com o zíper de uma outra calça *jeans*. Quase caio dura quando vi o Ed na porta da classe!

— Comé, Rita, essa aula não acaba?

— Já tô indo, Ed... Num tá vendo?

Estragou o meu barato. A sorte é que ele nem percebeu. Ficamos sentados na muretinha da escola jogando conversa fora.

— Tô estranhando você usar esses óculos. De onde desencavou? Do baú da vovó?

— A Jô me emprestou. Disse que no último encontro de vocês usou pra te ver melhor.

— O lobo era ela e eu apenas um Chapeuzinho Vermelho assustado.

Acabei dando risada. Isso até que podia ser verdade mesmo!

Acabei com raiva. Bem atrás da gente, pude ouvir com ouvidos de loba.

— *Are you shy*, Tuca?

— *Do you think I am?*

— *I'm quite sure you're not*.

Risos. A sessão continuou.

— Você parece minha irmã mais nova ficando envergonhada desse jeito.

Mais uma caindo no conto do *shy*. Mas acho que quem ia cair no conto era ele.

— Que foi, Rita? Tá muda?

— Tô pensando...

— Em quê? No inglês?

— Não, seu lobo bobo. Na gente. Sabia que gosto muito de você?

— Jura? — Ed perguntou com cara de Chapeuzinho desconfiado.

— Juro. Do fundo do coração.

De onde vim?

Pleno fim de férias. Passei uma semana na casa da Madá em Santa Clara. Minha prima é ótima mesmo. Me levou a todos os barzinhos da cidade (e olha que não foram poucos), me apresentou pra todos os seus amigos mais velhos. Me senti a rainha da cidade, circulando com ela de carro pra cima e pra baixo, cabelos ao vento, óculos de sol, clubes mil, piscinas, *walkman*. Me senti um pouco por fora com minhas roupas sem-marca-nenhuma até que uma chata duma amiga dela perguntou:

– Onde você compra suas roupas? Na França? São bárbaras!

Ia responder que eram da feira, mas disse "por aí". Era só aparecer alguém novo na cidade e já achavam que eu trazia moda por morar mais perto de São Paulo que eles. Me senti bem por dentro com as calças do Abud's, meus tênis Pampa e as camisas marcas Ro's, Ivete's e Lui's. Numa boa.

Gostoso era de noite. Tia Eunice e tio Flávio têm sete filhos e era uma delícia a bagunça nos beliches. Hora do almoço e do jantar então... Nem se fala! Não sei por que mamãe só quis ter a gente. Família grande é tão bom! Fiquei até com remorsos por ter me sentido sanduíche quando a Rebeca nasceu. Na casa deles ninguém se sentia sanduíche. Era todo mundo tão grudado na idade que nem tinham muito ciúme um do outro.

Diário, você não vai acreditar. Papai colocou um bilhete na minha mala, tipo instruções pra filhinha. Trouxe de volta, veja só:

Querida filha — sugestões:
1 — Sair cedo (acompanhada).
2 — Voltar cedo (idem).
3 — Não abusar do sol.
4 — Não gastar muito.
5 — Não falar com estranhos.
6 — Não aceitar carona de estranhos.
7 — Não comer muito chocolate.
8 — Não pegar bebida dos outros.
9 — Não ir ao cinema sozinha.
10 — Não desobedecer seus tios.
11 — Não jogar roupas pela cama.

Querida filha — outras sugestões:
1 — Arrumar a cama.
2 — Ajudar sua tia.
3 — Telefonar a cobrar.
4 — Fofocar pouco.
5 — Frequentar ambientes saudáveis.
6 — Fazer os exercícios de férias.
7 — Acordar cedo.
8 — Dormir cedo.
9 — Usar biquínis decentes.
10 — Lavar suas roupas.
11 — Ter saudades de nós.

Sei que muitas dessas coisas eram gozações, mas a maioria delas não!

Quando voltei, foi aquela festa. Primeira vez que saio sozinha, né, Di? Sozinha, não. Fui acompanhada de mil alvarás, ordem judicial, crachá pra não me perder e mais da metade de "conhecidos" no ônibus-parente-perto-de-jardineira. Toquei a ligar pro Ed, pra dizer que estava viva, e pra Renata. Em pleno abraço de "recepção", Rebeca pergunta:

— De onde eu saí?

Tudo porque mamãe perguntou se eu tinha saído muito. Silêncio.

— Quê? — papai perguntou.

— De onde eu vim, pai?

— Deles — eu respondi. — De mim é que não foi.

Pronto. A última "de onde eu vim". Eles já haviam respondido a essa minha pergunta muito tempo atrás. Agora era serviço pra pai e mãe.

— Como é que a gente se saiu dessa mesmo, Ivete?

— Ih, já nem me lembro mais! Acho que começamos com a semente, não foi?

— Eu era planta, mãe?

— Não, Rebeca. Você era uma sementinha bem pequenininha...

E aí começaram tudo de novo.

Agosto
Sexta-feira — 13

Nunca acreditei em azarão. Agora podia. Levantei cedo, vesti minha calça nova. Reles tentativa. Contorcionista faria curso comigo. Deitei na cama, encolhi a barriga, fiz uns abdominais e nada. A dita não entrava nem matando. Me olhei no espelho. Onde foi que errei? O bicho parecia responder: "No chocolate de ontem, Rita". Não desisti. Respirei fundo e comecei tudo de novo. Entrou colada, mas entrou. Parecia costurada no corpo. Respiração é realmente fundamental, nesses casos. Decidi, de uma vez por todas, botar a geleia pra correr, juntamente com o açúcar e os lanchinhos do intervalo das aulas. Saí voando pra prova. Que prova? Cheguei atrasada. O professor não me deixou entrar. Droga! Só atrasei quarenta minutinhos. Fiquei doida de raiva! Tudo por uma calça... Se fosse por uma esmeralda... Mas uma calça apertada!... Resolvi matar as outras aulas. Antes que o diretor me visse perambulando pelo colégio, corri até a escada pro estacionamento. Meu problema foi este: correr. Juro que não vi a pedra, muito menos o diretor perto dela. Foi um tombo só. Rolei todos os degraus... Eram tantos que nem deu pra contar!

Pois é, Diário... Agora você não pode reclamar que eu fico sem escrever. Perna imobilizada por vinte dias. Anteontem foi a maior bagunça aqui em casa. Ed, Júnior, Rodolfo, Nieta, Renata, Sílvia e até o Toshiro. Trouxeram minhas tarefas, flores e chocolate. Dietético. Bandidos! Escreveram um monte de coisas no meu gesso. Pode? Pra uma coisa serviu: entrei na minha calça nova depois que tirei o gesso, estudei feito uma condenada (condenada estuda?), fui bem na prova que perdi. Nada de sair correndo em escadas. Pelo menos por enquanto.

Parabéns pra mim

Primeiro abri a pontinha do boletim. Será que iria pro segundo ano do ensino médio? *Tcham tcham tcham tcham!* Fuiiiiiiiiiiiiiiiii. E olha que não fui raspando! Cheguei em casa louca pra dar a notícia. Bilhete na geladeira:

"Rita, pegar a Rebeca na escolinha. Vou chegar atrasada da clínica".

Lá fui eu de mãe. Levei a Rebeca pra tomar um sorvete.
— Pode escolher, Rebeca.
— *Hum...* Tem morangolate?
— Morango quê?
— Morango com chocolate.

Valeu tudo. Estava meio a zero, mas comprei o que ela quis. Misturamos o sorvete e foi aquela delícia.

De noite comemoramos meu segundo ano. De quebra papai sugeriu:

— Que tal um bolinho no sábado? Aniversário adiantado, pra não emendar com o Natal.

— Oba! Quem posso convidar?

— Seus amigos, ora! — mamãe respondeu.

Fizemos os preparativos: bolo de chocolate, minhas quinze tão esperadas velinhas, uma torta salgada.

— Levo a *cerva*. Tudo bem com seu pai?

— Acho que tudo bem, Ed. Mas andei dando um lance na cozinha e vi que mamãe vai fazer um ponche.

Caímos na risada. Mania de mãe, do tempo dela.

Achamos que seria legal uma festa anos sessenta e quebrados. Muito Elvis — *the pelvis*, Beatles e outros manjados, que sobravam em casa e na do Ed (temos isso em-comum-a-pais-também). Roupas do tempo da Celly Campelo. Ficamos uma semana preparando. O pessoal de sempre: Ed, Júnior, Sílvia, Jô, Toshiro, Gabriela, Renata, Dudu, Doyle e Agatha, de quebra.

Dessa vez, todos vieram a caráter.

De *Yellow submarine*, passando por uma *Bridge over troubled water* a *Estúpido Cupido*... Esse, que não me deixa em paz nem em festa de aniversário! Rita está crescendo e ficando "coroa", "veia mocoronga"!

Miami

Ed ficou rachando de estudar, sem direito a férias. Disse que vai tentar Medicina em vez de Biologia. Está de saco na lua de levar pau no vestibular.

— Já conheço a Iracema de olhos fechados... Parece até que é minha vizinha!

Nos despedimos com um beijo que não deu pro gasto... Foi rápido demais pro meu gosto. Saímos de viagem. Tocamos pro Hotel Miami que papai encontrou no seu agora recém-descoberto *Guia de Uma a Quatro Rodas*.

Assim que chegamos, desta vez, sem errar o caminho, tivemos um susto!

— Miami nem na China! — mamãe exclamou.

— Mas no tempo que eu vinha pra cá, quando menino, era um hotel bom, Ivete. Comida caseira, fogão a lenha, tudo limpinho.

— Agora não tem jeito de voltar, pai? — Rebeca quis saber.

Fiquei muda. Entramos.

— Que tal? — perguntou o seu Chico, gerente do Miami.

— Tudo bem, seu Chico. Nesse quarto fico eu e Ivete; no outro ao lado, as meninas.

A vista até que era legal. Desarrumamos as malas e partimos pra escalada-descida. O Miami sobre as ondas ficava a uns duzentos metros sobre uns penhascos. É mole?

Tomamos sol, sorvete, banho de mar.

— Só as ondas pequenas, hein, vocês duas!?

As ondas pequenas a que ele se referia eram as duas primeiras. Altura do calcanhar e só.

Até que a comida estava boa. O problema era a mesa compriiiiida, pra todos os hóspedes. Não gostei de comer observada. Era como ir ao banheiro levando quarenta pessoas junto.

Na segunda noite, pude ouvir, do nosso quarto, em minha cama, algo engraçado. Parecia papai e mamãe namorando. Colei o ouvido na parede:

— Ivete, olha quem está nos espiando!... — ele sussurrou.

Mamãe gritou:

— Uma barata voadora, Luís... Mata, mata, mata!

— Calma, Ivete... É a lua.

Falta de romantismo, não, Diário?

Falta de romantismo mesmo. No fim da temporada, numa barraquinha de aperitivo, escuto um:

— Ivete, é você mesma?

— Márcio! Não acredito! Você não mudou nada...

— É você? Parece que foi ontem...

Papai ficou pê da vida. Tratou de fechar a cara e puxar mamãe pro lado, a toda hora. E o tal de Márcio estava com um filho tão interessante...

— Aposto que se ele dissesse "Olha quem está nos espiando" você responderia "Que romântico! A lua..." — pude ouvir colada na parede do meu quarto, de noite.

— Deixa de ser bobo, Luís. É tão bom rever velhos amigos.

Mais um pouco, já ia até deitando, quando ouço:

— A lua não está mesmo linda, Luís?

— Gorda e branca como ontem. Dorme.

É mole, Diário?

Pais. Melhor não tê-los... Mas, sem tê-los, como sabê-lo?

Trote nele

— Rita, passei! Passeiiiiiiiiiiiiiiiiiiiiiiiiiiiiiiiiii!

Ed me catou no colo e me girou tantas vezes que fiquei tonta.

— Calma, cara... No quê?

— Medicina.

Foi a maior bagunça. Fomos pra casa dele. No começo, fiquei meio de fora, sem saber o que fazer. Agatha me puxou.

— Topa jogar farinha no cabelo dele?

— Ovo primeiro — sugeriu o Doyle.

Dona Lenore e seu William Wilson (é mole, Diário?) me deixaram à vontade:

— Você nunca aparece por aqui, Rita. O Edgar fala tanto em você!...

— Pois agora apareci...

Aí começou a festa. Um tal de joga talco, taca ovo, corta o cabelo (apenas um pouquinho pra não judiar).

Fiquei num astral meio baixo. Ele ia pra faculdade, conhecer mil meninas, entrar noutra *tão* diferente... Onde é que eu ia ficar?

— Comigo! — ele adivinhou. — Por enquanto, Ri, porque no meio do ano tento transferir pra São Paulo. O pessoal diz que lá é mais puxado.

Fiquei meio *down*. Põe *down* nisso. Será que daria pé namorar *by phone*? Sei não.

Resolvi me encharcar de *cerva*. Acabei, entre um gole e outro, recitando o *Raven* em plena festa... Que martelava na minha cabeça: "Ed *nevermore*, Rita. *Nevermore*".

Amargo regresso

Bomba. Mal começamos o ano, segunda semana de aula e a Renata me entrega um bilhete:

"Ri, passo na sua casa mais tarde. Problemas".

O professor, que de míope não tinha nada, pegou o bilhete e perguntou:

— Bilhetinhos? Ótimo, estão sacando tudo. Exercícios das páginas 23 a 49. Tragam amanhã, por favor.

Saco! Uma cacetada pra passar a madrugada fazendo.

Não sei como a Renata conseguiu chegar antes de mim na minha própria casa.

— Rita, tô frita.
— Fale, Rê... O que foi?
— Minha mãe. Mamãezinha querida.
— Tá no oitavo marido?

— Pior. Vai voltar pra casa. Disse por telefone que chega daqui a uma semana. Deu um pé no marido, no filho dele, e vai voltar pra cá. De vez.

— Seu pai já sabe?

— Já. Disse que se ela entrar por uma porta, ele se atira pela janela. De paraquedas, é lógico.

— E agora?

— Eu é que pergunto: e agora?

— Ela é separada do seu pai?

— Na justiça, não... Tava pensando em me atirar com meu pai!...

Mamãe chegou e a chamamos pro papo.

— Não dá pra aguentar por uns tempos, Renata?

— Mas foi ela que não aguentou a gente, dona Ivete. Por que tinha que voltar agora? Não veio nem quando o filho do meu irmão nasceu... neto dela!

Silêncio. Mamãe apenas comentou que esse era um assunto muito delicado. Tornou a ficar quieta depois e atacou de novo:

— De repente seu pai pode até voltar a se dar bem com ela, não acha?

— Nem se quisesse. Ela é tão pegajosa com todos aqueles cremes que ele não conseguiria por a mão nela sem escorregar...

Taí um problemão, né? E eu, que reclamo de vez em quando da minha mãe e do meu pai, como é que ia encarar uma mãe bumerangue, bate e volta?

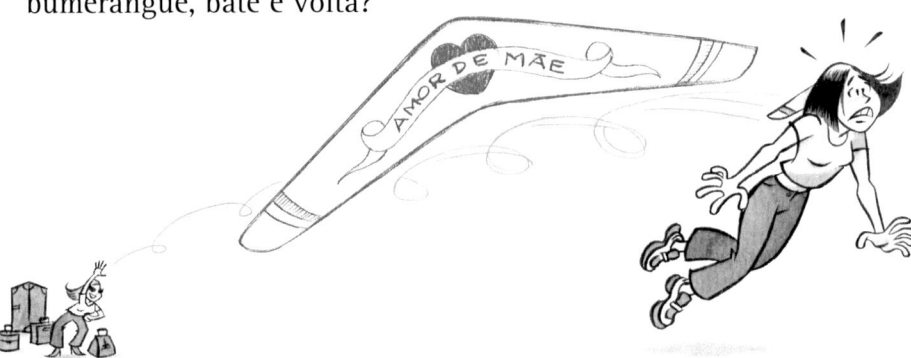

Onde errei?

Ed indo a todo vapor na faculdade e eu levando um chega pra lá na prova de análise de texto.

Dona Penha entregou minha prova de análise: quatro raso. Não aguentei e fui até a mesa dela.

— Dona Penha, todo mundo achou o que a senhora achou e queria que achasse e tirou nota dez. Eu não achei o que a senhora achou e só por isso fico com essa nota?

— Como? — ela perguntou, espantada, com a minha cara de pau.

— Achei que o autor quis dizer uma coisa completamente diferente do que a senhora queria que eu achasse. Análise é análise e eu analisei diferente, qual é o problema?

— Ganhou um quatro, sim, senhora. Discutimos o texto em aula e chegamos a essa conclusão: medo da morte.

— Mas ele cometeu suicídio... Não tinha medo de morrer.

De nada adiantou. Ela fazia questão absoluta que ele tivesse medo da morte, eu não concordei. Continuei com quatro, a nota mais baixa da classe. Jurei que no próximo texto, se ela dissesse que alguém era inocente, eu diria no ato: absolvido. Viraria Rita-vai-com-as-outras. Pensando bem, duvido. Conversei com mamãe a respeito e ela concordou comigo. Não mereci o quatro, mas aprenderia a questionar o texto ou sei lá que raio fosse durante a explicação de quem estivesse dando. Nem que fosse pra encostar a dita cuja na parede pra tirar as minhas dúvidas. Não fui mal, não. Acabei aprendendo.

Mãe pode?

Bomba. Bomba. Bomba. E sempre estoura na hora do almoço e/ou jantar.

— Consegui outro emprego, bem.

Mamãe raramente usava essa expressão. Quando usava o "bem", lá vinha coisa.

— E o consultório, Ivete?

— Dançou, como diz a Rita. Mandei meu currículo pra vaga que abriu no centro cirúrgico do Hospital Santa Theresa e fui aceita. Por conta comprei um vinho alemão pra comemorar. Que tal?

Espanto geral.

— Comê o quê, mãe?

Mais espanto da nossa parte-plateia.

— Salário? — desengasgou papai.

— Não vai acreditar! Oito vezes o que eu ganhava.

Papai desengasgou com um golão de vinho. Minto. Com o copo todo virado numa vez só.

— Ivete, você vai ganhar o que eu ganho!?

— E não é bom?

Lógico que era. Sinal dos tempos. A mulher taco a taco com o homem. Cabeça do casal? Por que sempre o homem? E quem era viúva? Não é homem e mulher ao mesmo tempo?

— Não sei, não, Ivete. Trabalhar com um monte de homens, médicos, enfermeiros, pacientes, residentes... Você tem um temperamento calmo, tranquilo...

No calmo e tranquilo ele acertou. Não demorou muito e lá veio o primeiro pepino. Mamãe, com a mania dela de contar tudo ao papai, descreveu o primeiro enguiço que teve no centro cirúrgico uns vinte dias depois. Diário, foi digno de uma mãe com a língua afiada.

— Mandei fazer vários tipos de uniformes para o centro cirúrgico, lembra?

— Lembro.

— Daí que um enfermeiro resolve usar a roupa que Deus lhe deu na antessala do centro cirúrgico porque nenhum uniforme lhe "caía bem".

Papai empalideceu. Antes que ele tivesse um ataque, mamãe continuou:

— Disse a ele que era até muito desagradável ficar se mostrando, já que seus dotes eram bem menores do que os do Rô quando tinha cinco anos.

Ela simplesmente desmantelou o cara que, além disso, levou uma suspensão danada. Mãe pra dar resposta boa é a minha. Mãe pode? Ô!

Alice no país da gravidez

Alice chegou com um bico comprido, logo cedo. Estava um frio de rachar e ela ainda bicuda, era dose.

— Problemas, Alice?
— Pode *crê*, dona Ivete. O chico *num* veio.
— Seu parente?
— Não, dona Ivete... o chico. O incômodo, a senhora sabe.
— Ah!... — Mamãe suspirou, rindo. — Sua menstruação não veio.

Dei risada. Chico, menstruação, regras, não importava. Sua falta, na idade da Alice, queria dizer uma coisa: gravidez!

— Quanto tempo, Alice?
— Que eu tô namorando o Venâncio? Seis *meis*.
— Não, Alice. Quanto tempo de atraso.
— Sei não, dona Ivete. Uns *treis meis*.
— É, é um problema mesmo... que pode nascer forte e sacudido daqui a seis.
— *Nascê num* nasce, não. Meu pai *misfola* vivinha. Será que o *tar* do chá de canela...
— Bobagem, deixa disso. O que tá feito, tá feito.
— *Tê* eu não tenho, não! O *bichim* vai *tê* de *saí*, senão tô danada.
— Já falou com o moço, Alice?
— Ih, dona Ivete, ele não *qué* nem *sabê*. *Falô* que o *pobrema* é meu e a *curpa* minha se não cuidei.

Mamãe e eu, afora o papai com seu discurso tipo "tio" do nenê, tentamos tirar da cabeça da Alice a ideia de tirar a criança.

— Vai, Alice. Vamos fazer um exame pra saber isso direito. Aparece no hospital amanhã bem cedo, pra fazer o exame de urina.

Comprou um coletor de urina pra Alice e explicou que ela deveria colher a primeira urina da manhã. Alice foi de vidro de maionese mesmo, transbordando a xixi, pois disse que no potinho coubera um tiquinho de nada do seu xixi.

— O resultado a gente vai saber só daqui a dois dias, Alice.

— *Num* sabe, dona Ivete... *Oceis* falaram tanto, puseram tanta caraminhola na minha cabeça pra eu *num fazê* uma *bobage* de *tirá* a criança a torto e *dereito*, que eu me decidi: *Vô assumi* que nem aquela da novela das oito. Produção independente. Ela não tem *curpa* da burrada da mãe, né?

Alegria geral no pedaço. Conseguimos! Alice teria o bebê!

Dois dias depois, o resultado: NEGATIVO. Mamãe não contou pra Alice. Marcou pra ela uma consulta com o ginecologista do hospital. Falou que talvez o vidrão de maionese não estivesse bem limpo ou que ela, na sua santa inocência, tivesse colhido a quinta urina em vez da primeira. Depois de alguns exames, pedido disso e daquilo, descobriu que Alice estava entrando na menopausa. Precoce pra uma quarentona.

— Como? E o meu filho, dona Ivete?

— Começou sua menopausa, Alice. Esse foi um atraso comum — mamãe explicou.

Choro. Acabamos chorando junto com ela. Alice não queria o filho, passou a querer e, quando se acostuma com a ideia, descobre que não era filho.

— E eu que já tinha até nome pra ele: Chiquinho.

Nem Chico, nem Venâncio. Climatério, foi o que aprendi na aula de Biologia. Pena, né?

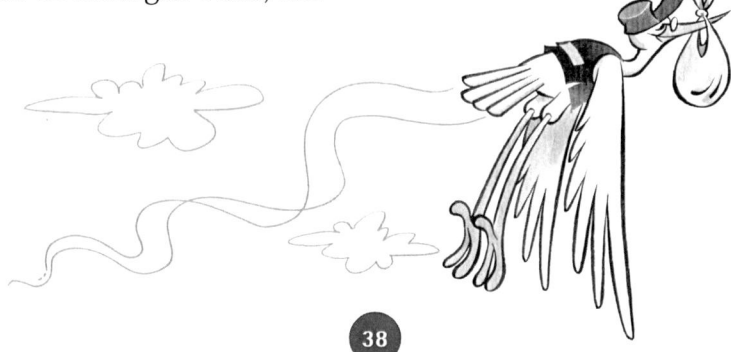

Anato-Rita

Ed está se matando nas aulas de Anatomia... e eu, pra rimar, em Biologia.

— Ri, precisava ver o braço que dissequei hoje!
— Para, Ed... Bem no meio do sanduíche!...
— Qué que tem? Carne é carne. Cê não tá comendo gente!
— E se fosse?
— Se fosse não *taria* fazendo essa cara de satisfeita... Ô Ritinha...

Lá vinha. Feito mamãe com o benhê pro papai, já foi pedindo pra passar seu caderno a limpo pra estudar pra prova de *Anato*. E eu com tanta coisa pra estudar também! Será que namorada pode ser explorada em cópia? Tudo bem, vai. Passei cinco noites a fio escrevendo num caderno tão grosso que mais parecia um livro antigo. Acabei ficando *expert* em Anatomia. Taí uma coisa que nunca pensei em fazer: Medicina. Um tal de corta aqui, puxa o tendão, cola pele, gruda osso, abre um pedaço pra espiar o que tem dentro. Tudo regado a muito formol. Falta de poesia. Muito carnívoro e sanguinolento pro meu gosto. Acabei tendo pesadelos na hora de dormir: eu morta, todo mundo chorando, entre um cafezinho fresquinho e outro. Queria gritar e chorar também, já que, afinal, a morta era eu e quem ia ser enterrada idem. Queria avisar o povo que no bolso da minha calça estava uma lista completa da doação de órgãos que havia feito, mas a voz não saía. Lógico, eu estava morta. Morta e sepultada, quase. Não sei quem, pois no sonho não deu pra ver, lembrou da minha doação. Aí vieram me pegar, dentro do prazo (queria gritar que o prazo pra córnea era de no máximo quatro horas e faltavam quinze minutos... Como eu sabia a hora? Ora, tinha um baita relógio bem à frente do caixão). Me levaram pra uma sala ao lado e disseram: "As mãos e os pés também vão? Corta, corta..." Acordei gritando. Ufa! Ainda bem. Apenas um sonho. Os interiores posso doar, mas as extremidades, dessas não abro mão nem pé!

Espécies raras
by meu pai

Luzes, câmera, ação, emoção! O livro de papai ficou pronto. Foi lançado ontem, dia 24 de setembro. Vieram tevê, rádio e jornais. Mamãe estava hiperfeliz. Rodolfo parecia um divulgador da obra; Nieta dizendo a todo momento: "Sou sua futura nora"; Rebeca querendo autógrafo dele; a família do Ed, meus amigos e eu colados nele. A espécie rara que é meu pai. Eu parecia mais um passarinho feliz, um daqueles que meu pai descreveu tão bem num dos capítulos. Quer ver, Diário?

"Eu sou o Martim-pescador-pintado. Meço um pouco mais de vinte centímetros de comprimento. A minha mulher é mais bonita do que eu. Acho ótimo. Ela tem mais cores e são bem mais brilhantes que as minhas. Ajudo muito nos afazeres domésticos — ajudo a chocar e a criar meus filhotes. Se você pensa que ela não me ajuda, está enganado... Ajuda a construir nosso ninho. Homens modernos, pássaros modernos!"

A fila de autógrafos não acabava nunca. Me senti a própria filha de artista. Espero que nunca em extinção.

Pai bom é espécie rara. Ainda mais o meu!...

Ed Morte

Você acha que pode? O Ed, enquanto não consegue a transferência, arrumou um emprego na faculdade, bem no fim do ano. A gente mal tem tempo de se encontrar... Nem pra brigar dá mais. Vai ser monitor do professor de *Anato*. Em troca, faculdade na faixa. Saímos pra comemorar. Pelo menos pra isso ele teve tempo. Paramos num barzinho perto do clube. Adivinhe: Cenário.
— Lembra, Rita?
— E como!
— Vai de água sem gás pra não engordar?
— Não... – Ri. – Hoje arrisco até um feitiço havaiano. Quero me encharcar de chantili.
— Eu vou de sorvete dietético. Tá vendo essa barriguinha aqui? Falta de exercício. Vivo comendo sanduíche na faculdade!...
Fui até o toalete, pra, como diz a Rê, "molhar o vaso".
Voltei. Meu sorvete já estava me esperando. Na quinta colherada, senti algo duro.

— Credo, o que tem aqui? Já não se fazem mais sorvetes como antigamente, Ed.

— Vai ver é algum dente de leite, boba.

— Bobo — respondi.

Enfiei a mão na boca e tirei uma coisinha brilhante. Diário: sem palavras. Uma aliança de prata, com meu nome escrito dentro e a data: 25 de novembro. Continuei muda. Só ele falava.

— Não é de ouro, porque é cedo pra noivado, né? Sei que é meio careta, Ri... Mas é um símbolo. Você é a minha princesa e eu sou o seu "corvo" encantado.

Acabamos numa guerra de sorvete, num beijo gelado, misturando chantili com sorvete dietético. Não precisei acordar mamãe e papai pra contar a novidade. Eles estavam me esperando, como sempre.

— Meio cedo, né, Rita?

— Não é noivado, mãe. É um semi.

Um abraço dos dois e dois beijos. E acabei dormindo no meio deles. Acho que por estar feliz. Não. Acho que também com medo da *responsa*. Ser meio noiva ou não ser? Não importa. Foi bom.

Procura-se Rebeca desesperadamente

Acredite se quiser. Levei Rebeca ao *shopping* pra dar uma olhada nas futuras escassas aquisições natalinas. Tive de interromper o passeio por quatro vezes pra levá-la ao banheiro (duas foram alarme falso). Me distraí vendo um par de tênis a um preço imperdível pros outros. Pra mim estava perdível mesmo.

— Cadê Rebeca?

Fiquei louca. Olhei pros lados e nada. Todas as crianças pareciam a Rê, mas não eram. Mamãe ia me matar. E meu pai então? Tudo por uma droga de tênis! Resolvi anunciar na segurança. Criei coragem e falei pra polícia feminina:

— Perdi minha irmã pequena. Ela está usando um conjunto azul (ou era verde?), tênis branco, tem cabelinho preto. O nome é Rebeca.

A moça começou a falar alto pelo alto-falante. Apareceram duas crianças com conjunto verde (ou seria azul?), perdidas também.

— Essas irmãs de hoje!... — resmungou a segurança.

Resolvi partir pra luta, quer dizer, pra caça. Algum sequestro? Não teríamos dinheiro pro resgate. Tanta coisa me passou pela cabeça!...

Entrei numa loja especializada em cristais importados. Já pensou se ela estivesse lá dentro, fazendo o maior estrago? Havia quebrado pelo menos quatro deles em casa, dos de estimação da mamãe.

— Moça, viu uma garotinha morena de roupa azul?

— Uma que queria comprar uma fruteira pra dar pra mãe? Socorro!

— Andou por aqui, fez umas perguntas e quase derrubou essa prateleira de fruteiras.

A própria! Gelei.

— Sabe pra que lado foi?

— Disse que ia dar uma andada por aí.

Entrei em todas as lojas, banheiro masculino (de olhos semifechados), lanchonete, restaurante, cinema, livraria. Até que olho pro térreo e vejo uma fila. Voando pela escada, quase me quebrei toda. Foi aí que vi Rebeca, sentada bela e folgada no colo do Papai Noel. Fui chegando de mansinho.

— Que mais você quer ganhar?

— Um irmãozinho com pipi de verdade, um tênis pra minha irmã que é caro o que ela viu, um carro que anda sem quebrar pro meu pai, um fogão que faz comida pra minha mãe pra ela não cozinhar e uma faculdade pronta pro meu irmão que a dele é demorada.

— E eu, não ganho um beijo? — pediu o Papai Noel, com a barba toda solta.

— Ganha, sim! E eu trouxe minha fralda, minha mamadeira e minha chupeta pra você. — E despejou, tirando da mochilinha, seis chupetas, a mamadeira e o paninho-fralda dentro do saco do Papai Noel. Agarrei a Rebeca, dei-lhe 155 beijos e a levei, depois de uma "bronquinha" pela fuga, no colo. Pra casa.

Na pista de Agatha

Pô, a Agatha é da minha idade e já trabalha. Estuda de manhã e arrumou um trampo numa butique do *shopping*. Fui almoçar na casa do Ed no domingo e fiquei superanimada com as roupas que a Agatha compra com o próprio dinheiro suado.

— É uma barra, Rita. Corro feito uma louca, mas as comissões nessa época são boas.

— E o colégio?

— Sabe que dá tempo pra estudar legal?

Fiz mil perguntas: se era difícil vender roupas, se a gerente era "mala", se os clientes eram chatos, se o salário compensava, onde ela comia, quem pagava a condução, se tinha carteira. Recebi duas mil respostas: não era tão fácil vender roupas, a gerente quando chegava com o cabelo espetado era um saco, quando chegava com o cabelo arrumado era b-á-r-b-a-r-a, algumas clientes eram terríveis, normalmente as mulheres, os homens não, eles levavam qualquer coisa, normalmente comprando tamanho P para as esposas tamanho EG, o salário em tempo de férias compensava por causa da comissão, lanche, vale-refeição, condução por conta da loja (dois passes por dia). Nada de registro. Puxa, que gente sacana!

O Ed achou ótimo meu ânimo.

— É isso aí, Rita. Vai juntando uns trocados.

Consegui conversar com papai e mamãe sobre batalhar um emprego. Resposta:

— Assim que acabar a recuperação. Se passar...

Droga. E se eu não passasse? Como é que ia ficar? Dura pra sempre?

Passei!

Joguei todos os cadernos do segundo ano do ensino médio para o alto. Livros idem. Papai me jogou pro alto também. Rolei com a Rebeca pelo chão. Livre. Livre? Um belo terceiro ano com cursinho, ou melhor, integrado, me esperava. E emprego? Muita coisa pra minha cabeça. Ia ter de dar um jeito em tudo isso. Que remédio! Astral baixo. Menos vinte. Passei pela casa da tia Edna. Ela estava tomando a lição da Lu.

— Apareceu, hein, madame? Só quando a cabecinha enrola é que você dá o ar da graça.

— Tem razão, tia. Quando mamãe não está em casa, venho pra cá. Você serve direitinho pra mim, viu? Tia no capricho.

Conseguiu refrescar minha cabeça. Conselhos de tia: 1) Descansar das aulas; 2) Acabar preparativos do Natal; 3) Curtir o comecinho do ano, numa boa; 4) Começar o integrado; 5) Ver se com o integrado ainda dava pé batalhar o emprego. Nada como uma conversa de tia pra sobrinha. Saí de lá, fui pra casa, jantei, contei tudo pra mamãe (que achou ótimo), tomei um belo banho com direito a sais e dormi feito uma vestibulanda sem uso. Numa *nice*.

É Natal

Seguindo o manual "refresca-cuca" da titia, passei uns três dias rolando na cama, hibernando feito urso; fizemos umas comprinhas bem raladas. Resolvemos optar por um amigo secreto-barato, já que vinha parente de tudo quanto era canto. Ia ser um "junta-família-junta-panela".

Dia 23 fomos pra igreja. Nem todos, porque a família se dividia em: luteranos, católicos, espíritas, presbiterianos independentes ou não, seichos-no-ie. A prédica foi ótima. Afora as crianças correndo de anjos, o pastor, pra encerrar, fez algo muito diferente. Di, só de pensar fico com os pelos arrepiados. Pediu pra que colocássemos num papel todas as coisas que havíamos feito neste ano que não gostaríamos de repetir no ano seguinte. Ele pediu que as crianças distribuíssem os papéis e as canetas, sendo que só nós, grandes, escreveríamos. Caí na risada quando alguém de trás falou em voz alta:

— Pastor, posso pegar mais uma folha? Essa aqui já acabou!

Me animei a colocar mais alguns itens no meu papel.

— Ri, escreve aí que você mentiu pra mim outro dia e me deu um beliscão — Rebeca pediu.

Escrevi. Escrevi muitas outras coisas também, Diário, que por mais diário que você seja não posso contar. Minto. Conto. No dia da canelada no Ed, torci pra que ele caísse e quebrasse a perna. Não. As duas pernas e os dois braços.

Assim que acabamos, as crianças recolheram as folhas e entregaram ao pastor. Assopraram suas velas. Ele colocou só uma velona acesa na mesa e pôs as nossas folhas, juntamente com as dele e da esposa, dentro de uma grande urna. Pegou a vela da mesa e segurou a urna junto ao peito.

Tava frita. Ralada. Agora ele ia botar a mão dentro da urna, tirar um papel e ler. Aposto que ia ser o meu.

Di, ele colocou a vela dentro, pondo fogo em todos os papéis. Sem dizer uma só palavra. Apenas (apenas?) um Feliz Natal. Um bom começo pra nós todos. Amém. E um belo pai-nosso, de mãos dadas com todos da igreja. Saímos de lá leves e soltos. Prontos pra um verdadeiro espírito natalino.

Dia seguinte, como bebês novinhos, comemoramos um Natal bárbaro: cantando em volta da árvore de plástico (pra variar), do presépio iluminado, as músicas mais natalinas possíveis, ao som do violão de um tio, do acordeão de outro, da flauta de um conjunto de primos de segundo grau. Trocamos nossos presentes de amigo secreto (a essa hora um já rindo pro outro com cara de "é você o secreto"). Teve de tudo: meia marrom pra quem só usa preta, frigideiras pra quem odeia cozinha, paninhos de prato pra quem tem uma centena, sais de banho pra quem não tem banheira, biquini pra quem só usa maiô, CD pra quem não tem toca-CD. O *menu* foi bom: massa — torta — galinha — rosbife — sorvete — *strudel* — quindão. Depois da meia-noite, o pessoal do Ed veio pra casa também. Ficamos namorando na varanda, meio comportados, acho. Vimos uma estrela cadente. Pensei; pra você posso dizer: quero ser psicóloga, passar em faculdade que não pague. *Free.* Totalmente.

Férias

Férias. FÉRIASSSSSSS!

Ed estudando pra tentar a transferência. Pelo menos diz que está.

Descansei. Dormi. Vi sessão da tarde, tela quente, morna, fria. Saí com a Rê, Gi, Jô, Sil, segurei vela do Rô e da Nieta, andei mexendo meus pauzinhos na cozinha. Rita ataca de chefe de cozinha. Podia fazer uma droga de doce, mas comia a droga no ato.

O dinheiro tava meio curto. Resolvemos ficar por aqui mesmo. Nada de excessos. O presidente mandava economizar, a gente obedecia. À revelia, porque ele não economiza as viagens dele. Vai em avião sozinho, tipo *top* de linha. E nós, nem de teco-teco. Tudo regado a *diet* (menos ele). *Diet* férias, inclusive.

Aproveitei pra "enxugar" a gaveta da escrivaninha, já que a mamãe-presidenta entrou na onda de enxugamento da máquina. Gavetas nem um pouco *diet*: gordíssimas de tranqueiras.

Comecei pelos livros: *Amor de perdição, Amor de salvação*. Teriam de ficar. Precisava deles pra minha salvação nas provas do vestibular. *Dom Casmurro, Inocência, Iracema*, virgem ainda (conheço alguém como ela — eu!), *Memórias póstumas de Brás Cubas* e outros do gênero. Continuariam todos na gaveta. Operação cadernos: arranquei as folhas em branco duns, pra rascunho. De outros fiquei com pena. Tinham coisas interessantes (ou não?). Bem, podia precisar deles no futuro. Acabei guardando. Alguns bilhetes e cartinhas trocados em aula foram pro lixo, depois de muito pensar e repensar. Outros acabei guardando na caixa de etcéteras, que incluía desde papéis de bala, canetas de estimação (sem carga), bilhetes do Ed, bilhetes que não eram do Ed — confesso. Cheguei em você, Di. Tinha que sobrar, né? Alguns bilhetes dentro, que resolvi grudar com fita adesiva pra não ficarem caindo. Você está precisando de um regime também, não acha? Não, né?

Bom, acabei a faxina. Apenas cinco sacos de lixo de cem litros. Cada um. Papéis, apenas. *Trash*-recordações.

Tudo por um emprego

Conversei com mamãe e papai.

— Se conseguir tocar o emprego e o integrado, tudo bem! — responderam.

Não pulei muito de contente, não. Sabe como é, se a gente pula muito, os pais desconfiam e ficam se perguntando: "Será que erramos?".

Não. Não erraram. Consegui o emprego na loja da Agatha — a Work-hard. Tive azar: primeiro dia e pego uma liquidação brava. Homens, mulheres, adolescentes, crianças, sogras. Parecia supermercado em véspera de remarcação de preços.

— Esse é tamanho único — eu berrava.

— Quero um pretinho — esgoelava a moça.

— Só tem marinho. Pretinho acabou.

— Marinho não fica bem com a minha pele clara — berrava a mãe ou sogra da moça.

— Paciência, só temos esse!

— Não tem jeito pra coisa, hein? — respondeu a moça.

— Comecei hoje — respondi em meio a outros dois mil "Me vê um M, embrulhe cinco Gês; será que ele vai gostar de rosa-choque?".

— Não tem sacola da loja? Exijo nota fiscal, tô pagando. Tá pensando o quê?

— É dessas patricinhas que saem de casa pra mostrar que são independentes. Fala com a gordinha ali que é a vendedora.

Ah, foi a gota-d'água. Subi no balcão, peguei num cabide e simulei que falava ao microfone:

— Senhoras, senhores e senhoritas. Vamos nos organizar. Façamos de conta que estamos pra ser atacados por mísseis e que nos resta pouco tempo pra deixar o local... e que em meia hora estaremos absolutamente prontos pra contra-atacar. Nossa promoção contra-ataque tem, portanto, meia hora. Primeiro a fila pro tamanho P, segundo a fila pro tamanho M, terceiro a fila pra G e EG qualquer cor, quarto a fila pra quem quer cor diferente, só que com pouquíssima numeração. Um brinde-ataque da loja pra compradora mais comportada e outro praquela que comprar mais: duas roupas grátis!

A galera veio com tudo. A caixa registradora foi a que mais trabalhou. Márcia, a gerente, ficou de boca aberta até acabar a promoção de meia hora recém-inventada. Não vai acreditar mas deu certo. Se comportaram feito alunas de jardim de infância. E não é que ninguém mais quis saber de escolher a cor? Queriam qualquer coisa, de qualquer tamanho, qualquer cor, qualquer modelo.

— Rita, você é louca mesmo! Bem que o Ed fala. — A Agatha riu.

— Acho que esses dois vestidos vão ter de ser sorteados, gente. Todo mundo se comportou — Márcia sugeriu.

Fiquei com medo que ela tirasse as roupas da promoção do meu futuro decrépito ordenado, mas não. Depois que sorteamos as roupas, pensamos em "bater em retirada". Quase tivemos um ataque (o nosso lanchinho teve de esperar): uma fila de umas cem pessoas na porta da loja.

— É aqui que estão sorteando roupas?
— Não vai abrir na hora do almoço? Queremos comprar!...
— Tem tamanho P?
— Eu quero aquele pretinho da vitrine...

Não servia azul-marinho, não? Tanto preconceito até em tempos de guerra!...

O que o olho não vê...

Vinte dias de emprego e eu já estava semimorta. Márcia até que não era tão ruim. Uma paulistana de sotaque carioca tirado não-sei-de-que-canto, pra ficar chique, com um cabelo arrepiado num dia, desarrepiado no outro. Pagava (segundo Agatha) exatamente o que tinha combinado, com a comissão; nem um centavo a mais. Droga. Por isso é que era a gerente.

Faltava uma semana pra começar o integrado e eu já estava louca pra saber como ia ser. Tive de passar para o turno da noite. Achei demais quando soube que minhas amigas também mudaram para o noturno.

Na quinta, eu e a Agatha demos uma escapada pra um lanche. Sentamos e pedimos:

— Um queijo quente e um suco com adoçante, duas esfihas e uma coca *light*.

Ficamos no papo por uns vinte minutos, até que...

— A conta — pedi.

— Já está paga — respondeu a garçonete.

Susto. Imagine, Diário. O Júnior, amigo do meu irmão. Estava sozinho e havia pago a nossa conta.

— Rita, quanto tempo, hein?

— Nossa, é você mesmo? Por onde anda?

— Em São Paulo. Arquitetura na FAU.

Puxa, estava um supergato.

— Essa é a Agatha, irmã do Ed.

— Ed quem?

— Ed meu — respondi.

— Meu também. — A Agatha riu.

Convidou a gente pra um cinema, depois da loja.

— Preferia ir só com você — sussurrou no meu ouvido.

— Com duas é melhor — respondi.

Liguei pra mamãe, avisando que ia chegar tarde. Depois de um longo interrogatório, com quem ia, a que horas ia voltar, que filme, que jeito, de carro, de ônibus, desligou.

Agatha me olhou meio torto.

— O Ed vai ficar louco da vida.

— Não sei por quê. Um cinema inocente não arranca pedaço.

Júnior foi nos buscar. Sugeri assistirmos *A Metamorfose*, ao que ele, enojado, desconjurou. Fomos ver *O que o olho não viu*. Na primeira sentada, quem sentiu foi minha mão. *Pleft*. Agarrou-a e começou a beijá-la. Senti um arrepio. Por que será que beijo de quem a gente não gosta é frio e melequento? Sussurrei no seu ouvido "Tenho namorado", ao que ele revidou "Eu não, mas tô querendo uma"...

Tirei a mão dele da minha. O cara tornou a pegar. Sem babar. Ficou alisando de mansinho. Acabei tirando de novo. Com pesar, reconheço. Estava até gostando...

O filme estava ótimo. Suspense. Na hora em que o moço ia estrangular a mocinha, Agatha gritou. Foi aí que vi que ele já estava com o braço atrás dela. Cara sacana. Ficaram de mãos dadas. Será que ele babou na mão dela também? Resolvi não contar que ele tentou primeiro comigo. Lógico. Iria bater logo no ouvido do Ed. Acho que os dois até que estão se dando bem, segundo ela... Enquanto não pintar uma barata na frente dele, lógico. Agatha me contou anteontem:

— Ri, o Júnior é o máximo. Estou completamente apaixonada por ele. O que você acha? Sabe que pensei que ele estivesse interessado em você?

— Imagine! Nada a ver comigo. Tomara que dê certo.

— É... Ele mora em São Paulo, sabe como é... Sabe que vive falando pra ligar pra você?... Quer que leve você junto com a gente.

Eu, hein?

Integradão

Começou. Uma correria. Ir pra loja com os cadernos, estudar no meio do almoço, tomar um banho voando, engolir um jantar expresso e correr pra escola. Primeiro sentei com a moçada do fundão: Agatha, Rê, Sil, Jô e mais um bando. Depois percebi que só saía papo e que não conseguia ouvir nada. Pulei pra turma do gargarejo. Rê acabou vindo comigo. Rolamos de rir com as piadas do professor Zeca. Um barato. Rê me cutucava de vez em quando pra me acordar. Nunca vi tanta coisa junta pra estudar. No primeiro fim de semana, estava tão cansada que mal consegui sair da cama. Quem me acordou foi o Ed.

— Acorda, preguiçosa.

Levei um susto! Toda descabelada, a franja pro alto tal e qual uma galinha após briga em galinheiro, rosto amanhecido, sem lavar, dentes idem. Afora o pijamão velho, delicioso, mas feio de doer.

— Ed, pra fora! Me espera lá embaixo.

— Puxa, mal-humorada... É assim que acorda?

Sem resposta. Era. Tomei um banho, gastei um tubo de pasta de dentes, superescovei o cabelo. Enfiei uma roupa e desci.

Me agarrou de surpresa ao pé da escada. Beijo. Acredita que cochilei no beijo? Não sei se de tão comprido ou se do sono atrasado. Arrumamos o café. Papai e mamãe haviam saído com a Rebeca.

O Rô chegou também. Veio comigo.

Larguei o Ed e subi pro quarto do Rô. Surpresa. Nieta estava tentando acordá-lo também.

— Acorda, preguiçoso.

— Nieta, pra fora!...

— Puxa, mal-humorado... É assim que acorda?

Era. Mal de família. Pulei em cima do Rô. Saudades de matar.

Imagine, Di. Nieta havia dormido no meu quarto e eu nem notara. Isso que era sono.

Papai e mamãe chegaram. Ficamos todos batendo papo, só que eu e o Rô meio se *irmãorando* também. Era tanta coisa pra conversar... E muitas outras pra estudar.

Ed passou o fim de semana praticamente em casa, em meio às minhas moléculas, meus micróbios, fazendo bem ao meu fígado, passando a mão sobre a geografia da minha nuca, me beijando historicamente, misturando a minha química à dele. Fui ficando com meus elétrons ligadíssimos, até que resolvi dar um *stop* em português bem claro.

— Ô Rita, as meninas da faculdade não são geladas como você.

Eu, gelada? Ora, eu estava é pegando fogo. Anatomia toda abalada. Esse negócio de estudar junto não dava pé. Fiquei grilada. Que meninas seriam essas? As meninas paulistanas eram mais *hot-hot* que as do interior? Um saco ele ter ido pra São Paulo, ainda mais que devia conhecer mil garotas. Quando vinha pra cá, tratava de pôr fogo no meu circo. Haja lenha pra minha fogueira.

Esperar é preciso!

Ed, amor,

Estou morta de saudade.

O integrado anda puxado. A loja também. Ontem tive um simulado. Acho que vou conseguir boa classificação. Preciso estudar mais. Seu segundo ano deve estar duro porque não me escreve há duas semanas.

Fiquei pensando nas meninas que estão perto de você. Se não são geladas, como são então? Sabe que morro de ciúmes? Gostaria que me contasse tudo, tudo mesmo, mesmo que me magoasse. Anda saindo com alguém? Ainda me ama? Amo você.

Rita

2/6

Rita, anjo,

Também estou morto de saudades. Estou estudando pra caramba.

Quanto às meninas, vou ser sincero: tenho saído com algumas, mas nada sério. Estou sendo sincero, pra que mentir?...

Você sabe que eu amo só você, não sabe?

Comporte-se. Te amo.

ED

18/6

Edgar,

Desculpe a demora, mas é que ando a mil, estudando e trabalhando. Temos um gerente novo, o Rafael. Vou ser sincera com você: ele é demais! Fui ao cinema com ele ontem. Cinema e sorvete, apenas. Melhor ser sincera, não? Beijos.

Rita

24/6

Rita,

Espero que você não esteja saindo com o tal do Rafael apenas pra me deixar enciumado. Se queria, me deixou. Fiquei com tanta raiva que saí com a Margareth, do primeiro ano. Não vou dizer que foi só um cinema porque não foi. Bem, teve o sorvete. Ficamos empatados?... Ou não?

Edgar

30/6

Ed,

Continuo estudando muito. Mas ainda tenho tempo para os sorvetes.

Acho que o Rafael é apenas um bom amigo.

Saí com o Tom, do terceiro ano de Medicina. Disse que conhece você. Só uma pizza e uma cervejinha, viu? Beijos.

Ri

4/7

Rita,

Semana que vem estou aí. Discutiremos sobre as pizzas e os sorvetes. Por acaso conversam sobre anatomia também?

Edgar

Dialogar é necessário

Primeiro foi um pau danado.
— Você começou.
— Você já tinha começado — continuei.
— Rita, não estamos casados!...
— Eu sei, nem filhos temos ainda!
— Me mostra esse seu gerente que eu quebro a cara dele.
Difícil, Diário. Desde quando a Márcia tinha trocado de nome?
— Me apresenta a tal de Marga-não-sei-das-quantas que eu mando ela pra um tanque de formol!
— Cadê sua aliança? — ele perguntou.
— Pendurei no chaveiro — respondi.
— Pois a minha está no meu dedo. — Ele mostrou.
— Quem me garante que você não tira pra sair?
— Eu!

Ed ficou furioso. Eu também.

Resolvemos dar um tempo pra colocar a cabeça no lugar (ideia dele, bandido). Fiquei com tanta raiva que tirei minha aliança do chaveiro e joguei no chão. Ed abaixou e pegou-a.

— Você não quer mais?

— Não — respondi. — Você pode precisar, com outra garota.

— É isso mesmo o que você quer?

Não. Não era o que eu queria. Queria o Ed comigo, com a Marga ou sem, com ou sem meu gerente fantasma, com ou sem o Tom, que vivia no meu pé. Mas o orgulho é uma coisa besta. Continuei muda. Ele enfiou a aliança no bolso da calça... E bateu a porta sem nem olhar pra trás.

Assim que mamãe chegou, caí em cima dela. No maior choro!

— Rita, precisava exagerar?

— Mãe, foi ele quem começou.

— Você não pediu sinceridade?

— Pedi, mas me arrependi, droga!

— Liga pra ele, filha.

Não. Voltar nunca. Retroceder jamais!

Só a ver...

Resolvi fazer um teste de aptidão. Nada parecia me atrair: Psicologia, Biologia, Pedagogia e outras ias. Pleno agosto e eu nada.

O professor Eduardo resolveu fazer um teste com a gente, tipo ajuda, *in loco*. Faculdade de Medicina primeiro.

Faltei no trabalho e fui com a galera. Assim que entrei, fui achando bárbaro. Todo mundo de branco, chiquérrimo. Me imaginei de branco, saia curta, justinha, meias de seda brancas (sem furinho), sapatos de salto médio, blusa de linho branco, deixando entrever um sutiã de rendas branco (Nossa, de onde desencavei isso? Provavelmente dos romances da vovó.). Atendendo mil clientes, marcando cirurgias, todos me chamando "Doutora Rita", "Doutora Rita está na cirurgia, favor chamar depois". *Clic-clic*. Tornei a me ligar.

Assim que entramos na sala de Anatomia, começaram as risadinhas e os comentários bobos das ainda adolescentes:

— Olha ali... gente! — Sílvia gritou. Nunca vi de perto! E ainda solto.

Todos pararam pra conferir o que era. Cheguei perto. Esse "era" eram três: um braço, uma perna e um pênis inteiro. Bobagem minha, né? Evidente que não estavam cortados em rodelas ou bifes. Não era açougue!

Sílvia ergueu o então falecido há muito (ou pouco?), com luvas, e perguntou para os "engraçadinhos risonhos":

— Quem perdeu?

Silêncio. Não vi mais nada. Caí dura. Desmaiada. Não, não foi imitação, não. Tive um ataque. Não pelo dito cujo recém-levantado. Em casa havia dois: o do meu pai e o do meu irmão. Não que eles desfilassem pelados em casa. Mas, se eu tivesse que entrar num quarto, as portas nunca estavam fechadas à chave. Ninguém ficava se mostrando, mas também não se escondiam voando da gente. Agora, um braço e uma perna foram demais. O cheiro de formol, confesso, foi bem pior. Risquei Medicina da minha lista. Sílvia, com certeza, colocou como sua primeira opção.

Passei pra Psicologia. Freud explica? Minha mãe é culpada por ter cantado pra mim? É culpada por não ter cantado? Será que eu seria uma mãe castradora? Fiz uma autoanálise. Descobri ter tantos grilos que seria melhor não descobri-los.

Pleno setembro negro e eu, nada. Biologia *never*, Pedagogia nem com pedago-régua, Arquitetura nem de bolo de casinha, Matemática nem que Pitágoras ressuscitasse.

Até que, por insistência do meu pai, fui com ele a uma agência de propaganda. Ele emprestou um passarinho pra ser fotografado para uma campanha. Fiquei doida. Me levaram pra tudo quanto foi sala. Não queria mais sair de lá. Todo aquele povo correndo, agitado, pra cá e pra lá, ideias rolando, logotipos, cores, imagens nos computadores!

Rita entra em ação! Diretamente para Propaganda & Marketing. Muito a ver comigo. Mesmo.

Dancei

Dancei.

Criei coragem. Liguei pra São Paulo pra dizer ao Ed o que eu tinha escolhido. O Marcão atendeu. Disfarcei a voz.

— O Edgar está?
— Não, ele saiu.
— Hã.
— Quem queria falar?
— Uma amiga. Sabe se ele vai demorar?
— Pleno sábado... Acho que só amanhã. Quer deixar recado?
— Não.

Desliguei. É, não adiantava mesmo. Já tinha sido passada pra trás. Tinha dançado. Resolvi sair da toca. Fui pra casa da Renata. Coitada! Ela estava tão mal... Tinha dançado também.

A mãe dela, aquela dos duzentos maridos, estava com as malas nas mãos assim que cheguei. Pude ouvir da porta da entrada:

— Filhinha, *sweet baby*, tentei... Mas não deu certo! Teu pai continua com um gênio terrível!... Depois, esse apartamento é um ovo... *That's a pity*...

— Espera pelo menos ele chegar, mãe...

— Não, não. Vou pra Roma. Tenho uns amigos por lá (não teria ouvido amigo?). Te mando o endereço. Dá um beijo no seu irmão, na mulher dele... como é o nome mesmo? ... e na gracinha da criança (eu juro que não a ouvi pronunciar o nome do garoto).

E quase me atropela com umas pelo menos seis malas. Das grandes.

Nem tive cara de reclamar dos meus problemas. Renata deitou no meu colo e chorou.

— Agora que estava me acostumando com um pouco de mãe e o pouco se manda, Ri. Queria que reclamasse pelo menos de mim, das minhas bagunças... Mas reclamou do meu pai e do ovo do apartamento!...

— Melhor acostumar, Rê. Ela não é sempre assim, de lua?

Choro alto. Droga. Por que eu não ficava com a boca fechada?

— Queria tanto uma mãe inteira pra mim...

Acabei dormindo no apartamento-ovo dela. Foi bom ter feito companhia pra ela. Amiga é pra essas coisas. Pra ter alegrias e chorar junto.

Acampada

Saí do emprego.
   Motivo? Cansaço puro!
   Pra relaxar da pauleira resolvemos (depois de muita confusão) acampar com o pessoal do integrado.
   Pleno outubro.
   — Os professores vão? (meu pai)
   — E quantas alunas? (minha mãe)
   — Posso ir também? (Rebeca)
   — E o emprego? (Rô)
   — Pedi demissão ontem. Já deu pra guardar algum.
   — Acho bom, filha. Assim pode estudar mais.
   Pais só pensam nisso.
   — Quanto vai custar? (os três, em coro)
   — Não muito — respondi, meio atacada.
   Depois de mil prós e contras, o que levar, o que não fazer, fui.
   Fomos de microônibus para Campos do Jordão, com mil barracas, lonas, travesseiros, cobertores, latarias, e, evidentemente, com um bom sortimento de bilhetes-recomendações de papai e mamãe.
   A bagunça da viagem foi ótima. Ninguém conseguia dormir. Cantamos, brincamos, demos risada o tempo todo. As únicas que eram minhas amigas mesmo eram a Renata e a Sil. Tinha a Jô e a Gi, mas acho que estavam mais enturmadas com o pessoal do fundão (da classe e do ônibus). Estava bem friozinho. Olha, Diário, se ficasse contando tudo que fizemos, teria de comprar duas dúzias de canetas e três pacotes de sulfite. Comemos *fondue* de queijo, carne, chocolate, andamos, andamos, andamos, tomamos banho gelado de cachoeira, tudo sem problemas. O problema foi de noite. Acampamos em barracas separadas: três pros meninos, três pras meninas e duas pros professores. Mal me acomodei (com a Renata

e a Sil, uma tal de Dulce da turma do meio do integrado, a Nicinha e mais duas, Flávia e Lili), o Valtão abre a nossa barraca e fala:

— Na nossa tem vinho quente.

As meninas pularam de pijama e tudo. Pra falar a verdade, nem estavam de pijama. Estavam de moletom. A Rê, a Sil e eu resolvemos conversar mais um pouco e ir depois. Ficamos batendo papo sobre o Ed e o Tuca. Até que decidimos, depois de mais de duas horas, botar uma roupa qualquer e ir provar o vinho quente dos meninos. Quando abrimos a barraca de um deles (sorte que devagarinho), vimos só um casal.

— Erramos! Que fora!...

Olhamos a outra. Como estava tudo silencioso, passamos pra terceira.

Renata espiou por baixo e sussurrou:

— Estão tão grudados!

Sil perguntou:

— Dá pra ver quem é?

— Nunca! Nem matando!

— Cadê o vinho quente? — perguntei.

— Rita, acho que não tem nenhum. Estão festejando sem vinho mesmo. Mas quente!...

Voltamos pra barraca. Não nos sentimos "sobradas", não. Tivemos um acesso de riso. Assim que nos ajeitamos de novo, resolvemos abrir uma garrafa de vinho. Não demorou muito e Henrique colocou a cabeça por baixo da barraca.

— Não estão a fim de tomar um vinho com a gente?

— Estamos — Renata respondeu, pra meu espanto e da Sil. — Aqui, na nossa barraca.

Henrique trouxe o Binho e o Guto. Repartimos o vinho tinto e o pão italiano.

Contamos piadas, rimos e conversamos até as cinco da manhã. E só. Só? Não. Descobrimos que esses meninos do fundo são legais, inteligentes e bonitos. Por dentro e por fora. Foi ótimo.

De novo, mãe???

Mamãe quis saber tudinho tudinho. Papai também.
Contei.
— E depois do vinho, Rita??
— O queijo, mãe.
Risos.
— Amamos você, sabia?
Sabia. Mas sempre era bom ouvir de novo.
— E vocês, fizeram o quê?
— Deixamos o trabalho de lado e nos divertimos também. Com vinho, como você.
— *Hummm...* Andam de namorinho, mãe?
— É — respondeu papai.
— Que foi? Estão meio sem graça...
Achei esquisito. Um olhava pro outro, como se estivessem dizendo "fala você".
— Fala você, Luís.
— Você, Ivete.

— Não, você.
— Sua mãe... Quer dizer, nós... Nós estamos esperando um bebê.
— Um o quê?
— Bebê — repetiu papai.
— Oba! — Rebeca gritou. — Vou ganhar uma irmã!
— Pronto. Não vou ser mais sanduíche! — exclamei.

Mesmo brincando tinha ficado passada. Despenquei na poltrona. Minha mãe já estava com quarenta e quatro anos.

— Não seria menopausa, mãe?
— Não. Já estou entrando no quarto mês.
— E como não me contou antes?
— Achamos que fosse menopausa — papai explicou.
— Meno-o-quê? — Rebeca quis saber.

O telefone tocou. Rodolfo.

— Rô, tenho uma coisa pra contar...

Mamãe puxou o telefone da minha mão.

— Agora não — disse baixinho. — Prefiro contar pessoalmente.

Assim que o susto passou, tentei pegar mamãe no colo.

— Nana mamãe, que a cuca vai chegar... enquanto Rodolfo está fora, papai e mamãe...

— Mais respeito. — Mamãe ria. — Pensa que não estamos assustados?

Eu também. Se com trinta e sete foi meio tarde, com quarenta e tantos era mais ainda. Nessa noite, rezei como nunca. Pedi a Deus que abençoasse a gravidez de mamãe assim como abençoou a de Sara. E que tudo desse certo. Menina ou menino, que importa? Que viesse como um anjo, com saúde, perfeito. Assim como nós. Nada de anjos, mas saudáveis.

Acho que vou ser *irmãe*, Diário. Mãe-irmã de um(a) irmão(ã). Vai ter pernas finas ou grossas como as minhas?

É, Rita. Continua fazendo piadinhas de si mesma. Será que nunca vai mudar?

Dia da Criança (atrasado)

Doze de novembro.

Carta do Ed. Um presente junto, via correio. Um ursinho de pelúcia.

"Rita, sei que o Dia da Criança já passou, mas não esqueci de você. Durma com seu ursinho, Rita-criança, Rita-moleca, Rita-sapeca, Rita-Lee-minha. Poe."

Abracei o urso. Dormi com ele. Acho que até babei em cima dele. Resolvi escrever pro Ed. Não sei o que dizer. Mas vou acabar sabendo!...

Pronto. Ficou assim:

> 20/11
>
> Ed,
>
> Adorei o urso. Botei ele na cama comigo. Queria ter sonhado com você mas não sonhei... Pelo menos acho que não. Quando acordei resolvi ler **Annabel Lee**... by the kingdom of the sea. You're my kingdom, Ed. Always.
>
> Ri

Esperei que ele ligasse. Nada. No fim de semana, depois de umas duzentas provas no integrado, ia saindo com o bando, quando alguém mexe comigo:

— Ei, gracinha!...

Nem liguei. E eu lá ia dar corda pra cantada de rua? Continuei andando. O pessoal pegando no meu pé.

— Tem um cara num carro aí atrás mexendo com você.

Tinha.

— Rita, continua de nariz arrebitado?
— Ed!
Ele desceu do carro e pediu:
— Anda, entra. Vamos dar uma volta.
Acabamos colocando os pingos nos is.
— Sua aliança. Quer de volta?
— Nem sei por que joguei!...
— Eu guardei. Sabia que a gente ia voltar.
— Convencido.
— Boba.
— Bobo.
— Te amo.
— Também.
— O quê?
— Te amo.
— Ah, bom! Cadê meu beijo?
— O gato comeu.
— E o gato?
— Foi por aqui, ali... e...
— Pronto. Meu beijo atrasado um tempão. Meu, não! Nosso.
Se entrássemos pra um desses campeonatos americanos-bobos de beijos, teríamos ganhado. Mais de hora. Se deu pro gasto? Imagine!

Fomos pra casa comemorar. Rô havia chegado. Nieta a tiracolo. Esses dois nunca brigavam? Nunca havia visto. Pelo menos, à primeira vista, um mar de rosas.

Ficamos conversando até tarde. Rô estava um pouco preocupado com a gravidez da mamãe. Nesta idade é sempre arriscado. Mas acabamos relaxando. Namoramos na cozinha, lanchando, na sala, na varanda. Parecia filme. Edgar & Rita, Rodolfo & Antonieta.

Síndrome de vestibular

Não aguento mais estudar. Ando com a mão dura de escrever, miolos moles, cheia, cheia, cheia, cheia. Rebeca não dá folga. Mexe em minhas coisas, anda xeretando o meu diário; anda enciumada do nenê, acho. Quer companhia a toda hora. Papai e mamãe sempre com pressa, mamãe indo pro hospital. Rebeca não quer mais ir à escola, vê se pode...

Estou rachando pra entrar nesse raio de faculdade. Se não entrar, tenho um treco. Não, acho que não tenho. Se não passar, paciência. Mais um ano estudando. Sou persistente (será?). Sempre fui (será mesmo?). Mas tenho certeza de que passo (ou não?).

Já pensou? Dezessete anos amanhã! Se passar, vou ter dezoito só no fim do primeiro ano. Por que será que a gente fica fazendo conta no dedo pra ver quantos anos vai ter quando entrar na faculdade? Meia-noite e um. Já tenho dezessete. Opa. Um barulho. Volto logo.

Diário, festa surpresa à meia-noite e dois. Meu pai, mamãe, Rebeca (caindo de sono), Rodolfo, Ed, Antonieta e Renata. Um bolo no meio da noite, tudo combinado. Chorei feito criança. Papai me deu uma corrente de ouro com um "Deus te guie" gravado, mamãe um tênis Pike (eta *merchandising*), Rebeca me deu um diário novo (não fique enciumado), Rô e Nieta uma camiseta, Renata uma calcinha de renda (será que me serve?), Ed um biquíni lindo (preciso perder mais uns quilinhos). Tudo regado a "parabéns a você". Fiz o Ed assoprar junto comigo e fui buscar o presente dele adiantado (nunca soube esperar mesmo): um aparelho de pressão que comprei com o dinheiro que economizei trabalhando. Ufa!... Ele quase caiu pra trás. Mas antes de quase cair, me deu um beijo. Na frente de todo mundo. Explicitíssimo.

Passou e foi ao cinema

Olhei a lista devagarinho. Rita Almeida, Rita Cadurin, Rita de Cássia Santos, Rita Damasceno, Rita Leite de Barros, Rita Márcia Vasconcellos, Rita Maria Gouvea, Rita Pádua Colli, RITA PAVARINI VILLAÇA. EUUUUUU!

Saí voando. Sabe o que fiz? Entrei num cinema. Estava passando *Adeus, Lênin!* na sala de Cultura. Relaxei. Coloquei meu fichário suado e estraçalhado (nem tanto) na cadeira ao lado. Entrei na faculdade que eu queria, Propaganda & Marketing, no lugar que eu queria (aqui na minha cidade). Muito pra minha cabeça. Na verdade, não. Acabei dormindo. Já tinha visto o filme mesmo. Vieram me acordar.

— Moça, o filme acabou. Não tem outra sessão.

Saí meio passada de sono. Fui pra casa. Todo mundo quieto. Mamãe arrumando o jantar com a Alice, barriga bem grandinha, papai lendo um livro, Rebeca aprontando. Entrei devagar. Ia contar a surpresa. Tomar um banho primeiro.

— Mãe, vou tomar um banho rapidinho.

— Espera aí, Rita. Segura isso pra mim.

Quando vi, já era tarde. Farinha pra todo lado. Foi a maior farra. Não deu pra escapar do trote. Em casa mesmo. Sempre. Depois do chora-chora, outro trote no integrado. Na base do talco e curativos falsérrimos, saí no dia seguinte para o passeio turístico: pedir remédios pelas casas, pra doar às creches da cidade. Esse foi o meu trote.

Ed ligou. Mandou mil beijos via interurbano e todos aqueles "Você merece".

Renata passou em Medicina (a mãe mandou mais um postal), Jô em Turismo, Gi em nada. Coitada. Fiquei com pena. Não sei por quê, mas fiquei com pena sozinha, porque ela não ligou, não. Não sabe ainda o que quer fazer. Paciência. Agora eu tenho mais um mês pra vagabundear. Será que consigo? Estou tão eufórica!...

Banho de loja

Síndrome de loja também. É bom um pouco de futilidades... Faz bem.

Passei pela minha ex-loja e encontrei a Agatha e o Doyle trabalhando.

— Opa, família trabalhando unida?

— É, aproveitando pra ganhar uns reais — disse o Doyle.

Ele não tinha nem dezesseis anos e já estava defendendo o dele. Certo. Certíssimo.

— Precisando dar uma repaginada, né, cunhada?

Concordei.

Pra brincar, pedi um "pretinho" da vitrine. Agatha quase teve um ataque. De riso.

— Não prefere um azul-marinho, tamanho P?

— Não. Não combina com a minha cor de pele. O preto continua me deixando mais magra.

— Que tal uma camiseta em promoção?

— Só se for pretinha.

Doyle riu.

Minha tendência continuava a mesma.

Conseguiram mudar meu visual: comprei vermelho, branco, azul-marinho-promoção, uma mochila nova (ia precisar), um *jeans* de marca (até você Rita-brutus?), tênis e até uma camiseta para o Ed.

— Tem aí um vestido EG?

— Pra quem, Rita? — Agatha estranhou.

— Pra mamãe. Gravidez, né? Requer uma mamãe mais transadinha!

Rimos.

Saí de lá e fui direto a um cabeleireiro. Unhas do pé, da mão (pior que onça). Ainda tive de aguentar o raio da manicure:
— Nunca fez o pé, bem?
— Já nasci com ele, graças a Deus!

Depois dessa, ela ficou muda. Acho que foi a primeira vez que viu alguém que nunca havia feito as unhas.
— Vamos dar um corte neste cabelão de crente?

Lá vinha o crente!...
— Prefiro continuar crédula — respondi.

Gosto do meu visual "crentistas venceremos".

Saí de lá com a mesma cara. Mas os pés e as mãos!... Quanta diferença!

O diário de Rebeca

Dando uma arrumada no quarto da Rebeca, descubro que ela também tem um diário. Lógico! Já sabe escrever!

Fiquei tentada a abrir. Puro desejo. O que será que uma garotinha de sete anos escreve? "Querido diário: Pegaram meu pirulito. Comprei uma bala. Gosto do Sicla."

Sicla? Quem seria esse? Menina avançadinha...

Fiquei arrependida. Não ia olhar mais. Não estava certo, não. Cada um com o seu diário, beleza?

Será que eu já estou crescida demais pra continuar de "Rita ataca outra vez"? Acho que não. Não paro de crescer, de mudar, de brincar de virar adulta, de brincar de voltar a ser criança. Também, com um monte de cri-onças em casa (chegando mais um), nem dá pra crescer muito, né?

Di, se eu parar de escrever por uns tempos, não fica bravo comigo, não. Demorar é humano... E escrever em você, contando das minhas "aprontadas", "erradas", "consertadas", "cabeçadas", "crescidas", me deixa bem mais leve. Não reclame. Sei que você vai ficando cada vez mais "gordinho", mas, em compensação, emagrecer de escrever é ótimo. Você não acha? Eu acho.

Ah, não vai ficar bravo se continuar a escrever no diário que ganhei da Rebeca... Porque agora você continua... Só que no outro. Pode até ser "diária", assim você tem uma companhia feminina. Ninguém fica sozinho, certo? Beijo tamanho *outdoor*. Afinal, a propaganda é a alma do negócio, sabia?

    Até,
     Beijão.
      Rita

P.S.: As águas de março me trouxeram um irmão. Só podia ser Clark (sem o Gable). Lindo. Como o meu pai. Calmo. Doce. Como mamãe.

A autora

Quando pequena, nunca pensei que seria escritora. Lá em Marília, Estado de São Paulo, onde eu ia crescendo e pintando o sete, pensava em ser professora, pintora, artista... Mas não escritora. Fui aluna de intercâmbio nos Estados Unidos, cursei a Faculdade de Letras em Marília, lecionei inglês na rede estadual de ensino em Campinas... Achava que era isso mesmo o que eu queria: dar aulas de inglês para crianças e jovens. Em casa, fazia o que muitos pais curtem fazer: lia histórias para meus três filhos, à noite. De ler, passei a inventar algumas histórias também. No dia seguinte, as crianças pediam que eu contasse a história da noite anterior... E foi aí que tudo começou. Com medo de esquecer, passei então a anotar as histórias inventadas, passando-as a limpo sempre que podia – nunca tive uma letra muito bonita! Quando vi, tinha enchido uns dois cadernos bem grossos. Depois de três anos, em 1987, publiquei o primeiro livro e não parei mais. Em 1989, recebi da APCA o título de "melhor autora" com o livro infantil *Mago Bitu Fadolento*, Edições Loyola. Bem, acabei deixando as aulas de inglês para ficar com os livros de português... Inglês, espanhol, didáticos... Pois é: quem disse que eu precisava deixar o inglês totalmente? Escritor é assim. Ele carrega para dentro da história todos os seus sonhos, o que gostaria de fazer, como gostaria que o mundo fosse... E, se não consegue, pelo menos faz todo mundo sonhar junto. E, quando a gente sonha junto, tanta coisa boa pode acontecer, não é mesmo?

Telma

Entrevista

Em *Rita-você-é-um-doce*, a autora Telma Guimarães Castro Andrade revela conhecimento sobre o universo adolescente. Que tal ler a entrevista abaixo e saber mais sobre essa autora e sua obra?

PARA CONSTRUIR A PERSONAGEM RITA, BEM COMO AS SITUAÇÕES VIVIDAS POR ELA, VOCÊ SE BASEOU EM ALGUMA ADOLESCENTE ESPECÍFICA?

• A Rita tem muito de mim, da minha própria adolescência, que não foi nem é diferente da adolescência de minhas filhas ou dos leitores. Essa mescla de ficção e realidade faz com que os leitores fiquem mais próximos da personagem. Era isso que eu queria!

O GÊNERO DIÁRIO DE ADOLESCENTE É BASTANTE EXPLORADO NA LITERATURA. COMO VOCÊ SITUA *RITA-VOCÊ-É-UM-DOCE* EM RELAÇÃO A OUTRAS OBRAS DO MESMO GÊNERO?

• Acho que *Rita-você-é-um-doce* se diferencia dos outros diários de adolescentes pelo fato de Rita ser bem engraçada, fazer piadas sobre si mesma numa boa, tirar de letra algumas situações bem difíceis e desabar em outras fáceis de resolver. Ela não vai atrás dos outros, tem opinião própria; assim, os maiores conflitos sempre acontecem na casa dos amigos.

Alguns diários de adolescentes apresentam personagens que enfrentam problemas mais "pesados", como conflitos bastante desgastantes nas relações com adultos, questionamentos existenciais e sociais, etc. *Rita-você-é-um-doce* assume uma perspectiva diferente. Que fatores contribuíram para a visão otimista assumida na construção desta obra?

• Rita é parecida demais comigo, e eu nunca derrapei em situações "perigosas". O fato de eu não ter tido grandes conflitos, não foi um fator negativo pra mim. Pelo contrário, aproveitava as situações conflitantes das amigas e tirava algumas lições, evitando cair nos mesmos erros. Como a Rita tem muito de mim, ela acaba fazendo o mesmo que fiz.

Atualmente, os *blogs* estão se tornando uma forma bastante comum de adolescentes relatarem seu dia a dia, expressarem seus pensamentos e sentimentos. Entretanto, este novo "meio" diferencia-se dos diários pessoais por não serem nada secretos, havendo, em alguns casos, a possibilidade de comunicação direta entre autor e leitores. O que você pensa dos *blogs* como espécies de diários do mundo contemporâneo?

• Já passei dias lendo *blogs*. Alguns são incríveis, outros nem tanto. Fico imaginando quanto *blogueiro* poderia ser escritor! Estou escrevendo um *blog-livro*, mas ainda não tenho previsão do término. O *blog* tem um *pique* diferente do diário. No *blog*, se você não *posta* todo dia, perde o leitor. Já o livro-diário tem que ser concluído para ser lido. É mais bem pensado.

Além de *Rita-você-é-um-doce*, você escreveu outras obras para o público juvenil. O que a motiva a escrever para esse público?

• Curto muito os adolescentes. Eles são rápidos nas perguntas, nas respostas, questionam, debatem, participam, sugerem, trocam ideias, mandam *e-mails*. Tudo numa velocidade incrível! O livro nem está pronto, e eles já querem ler, saber de tudo. Há retorno mais gostoso que esse?

ENTRE LINHAS
ADOLESCÊNCIA

Rita-você-é-um-doce
Telma Guimarães Castro Andrade

Suplemento de leitura

Rita é uma adolescente como tantas outras que existem por aí, vivenciando situações e problemas bem próprios de sua idade, e os registrando em um diário.

Em seus relatos, estão presentes as relações familiares, o amor, as amizades, os projetos para o futuro, suas aventuras e desventuras, as observações irônicas sobre si mesma e o mundo a sua volta, bem como as preocupações genuínas que envolvem os adolescentes em geral. De forma crítica e bem-humorada, ela aceita de peito aberto aquilo que a vida lhe oferece. De fato, essa garota "é-um-doce".

Por dentro do texto

Enredo

1. A obra *Rita-você-é-um-doce* está dividida em capítulos demarcados por títulos bastante sugestivos, e não por datas, como geralmente se usa em diários.

Este suplemento de leitura integra a obra *Rita-você-é-um-doce*. Não pode ser vendido separadamente. © SARAIVA S.A. Livreiros Editores.

a) Alguns títulos se destacam por se referirem direta ou indiretamente a frases bastante conhecidas (como provérbios, ditos populares, etc.), por vezes, ganham um novo sentido quando relacionados às situações relatadas por Rita. Explique os sentidos dos seguintes títulos, de acordo com o contexto da obra:
- "Errar é humano?": _____

- "Quem não tem cão...": _____

b) Que outros títulos do livro podem ser relacionados com frases bastante conhecidas? _____

c) Alguns títulos de *Rita-você-é-um-doce* referem-se a obras cinematográficas ou literárias. Faça uma rápida pesquisa sobre os filmes *Amargo regresso* (1978), de Hal Ashby; *Tudo por uma esmeralda* (1984), de Robert Zemeckis; *Matou a família e foi ao cinema* (1967), de Júlio Bressane; e sobre o livro *Alice no País das Maravilhas*, de Lewis Carroll. A seguir, indique que relações poderiam ser estabelecidas entre essas obras e as situações relatadas nos seguintes capítulos de *Rita-você-é-um-doce*:
- "Amargo regresso": _____

- "Alice no país da gravidez": _____

- "Tudo por um emprego": _____

- "Passou e foi ao cinema": _____

2. Mesmo sendo narradas de forma a se tornarem muito divertidas, algumas das situações vividas por Rita não são fáceis de ser enfrentadas. Relembre as seguintes situações, lendo novamente os capítulos indicados:
    - Ser a única pessoa fantasiada (de palhaço) em uma festa ("Voltei");
    - Perder uma criança pequena em um *shopping center* ("Procura-se Rebeca desesperadamente");
    - Sem nenhuma experiência anterior, atender vários clientes "enlouquecidos" em uma loja de roupas em liquidação ("Tudo por um emprego").

    a) Comente a forma pela qual Rita enfrentou essas situações.
    _____

    b) Como você enfrentaria essas situações vividas por Rita?
    _____

Anne Frank (Record). Anne é uma adolescente judia que viveu no período da Segunda Guerra Mundial. Foi obrigada a passar mais de dois anos numa espécie de sótão, escondida dos nazistas. Que tal ler essa obra e estabelecer comparações entre Rita e Anne, os diferentes contextos históricos e a forma de encarar a vida?

12. Em *Rita-você-é-um-doce*, Alice acredita estar grávida. Ela não é adolescente; porém, a gravidez na adolescência é uma questão que merece maior atenção por parte de todos. Faça uma pesquisa sobre esse tema e, com a ajuda de seu professor, organize um debate a respeito. Você pode pesquisar em livros, revistas, fazer entrevistas com especialistas ou mesmo com adolescentes que ficaram grávidas. Alguns *sites* na internet também são interessantes. Por exemplo, o do grupo Vivendo a Adolescência: http://www.adolescencia.org.br ou o do Adolec: http://www.adolec.br/

13. A escolha da futura profissão não é um processo fácil, principalmente no mundo contemporâneo, em constantes transformações. Além de conhecer bem a si mesmo, é preciso ter informações a respeito das profissões existentes, que tipo de curso é preciso fazer para se profissionalizar, quais são as perspectivas do mercado de trabalho, etc. Que tal fazer uma pesquisa sobre as profissões que estão surgindo? Por exemplo, existem novas possibilidades de trabalho no terceiro setor (ONGs), bem como carreiras ligadas às novas tecnologias ou mesmo ao meio ambiente que todo estudante em fase de planejamento de seu futuro precisa conhecer.

ATUAL EDITORA

9. O pai de Rita escreveu um livro infantil no qual apresenta diversas espécies de pássaros. Que tal fazer algo similar? Em duplas, escrevam um texto informativo/explicativo para crianças entre 7 e 9 anos, aproximadamente. Sigam o roteiro abaixo, para organizar melhor seu trabalho:

- Escolham um tema interessante. Por exemplo: dinossauros, espécies de tubarões ou baleias existentes, ou mesmo pássaros exóticos que vivem na América do Sul.
- Façam uma pesquisa sobre o tema escolhido em livros, revistas ou na internet. Lembrem-se de pesquisar textos verbais e também imagens.
- Pensem na forma de organizar o texto, na linguagem a ser utilizada, nas imagens, etc., tudo em função do público-alvo e do objetivo da obra. Pode ser interessante consultar livros infantis, para se familiarizar mais com esse tipo de publicação.
- Escrevam o texto, incluindo as imagens, e não se esqueçam de criar uma capa bem expressiva. Depois, peçam a algum colega que emita sua opinião sobre o livro.
- Revisem toda a obra. Quando a considerarem pronta, se possível, apresentem-na aos alunos dos anos iniciais do ensino fundamental. Peçam a opinião deles a respeito.

10. Imagine que você está participando do acampamento feito por Rita e seus colegas. Elabore um texto narrativo, em primeira pessoa, contando como foi essa experiência.

Atividades complementares

(Sugestões para Literatura, Ciências e Geografia)

11. Além de *Rita-você-é-um-doce*, há muitas obras que se apresentam na forma de diário de adolescente. Talvez a mais famosa seja *O diário de*

c) Você já viveu alguma situação desesperadora que, depois de um certo tempo, se tornou engraçada? Em caso de uma resposta afirmativa, conte-a para seus colegas.
_____

3. *Rita-você-é-um-doce* é um diário de uma adolescente, que retrata várias questões presentes nessa fase da vida.

a) Indique, sinteticamente, que questões da adolescência são abordadas no livro.
_____
_____

b) Que visão Rita transmite aos leitores sobre essas questões?
_____
_____

Personagens

4. Como todos nós, Rita exerce vários papéis sociais: ela é filha, irmã, amiga, namorada, estudante, funcionária de uma loja, etc. A partir do que foi lido, caracterize a relação de Rita com:

a) sua família (pais e irmãos): _____
_____
_____

b) suas amigas: _____
_____

c) seu namorado: _____
_____
_____

d) os estudos:

e) o trabalho:

5. A história de Chapeuzinho Vermelho está relacionada ao capítulo "*From the bottom of my heart*", ajudando os leitores a identificar melhor as personagens. Releia esse capítulo e responda:

a) Que referência à história de Chapeuzinho Vermelho revela ironia por parte de Rita em relação ao namorado? Justifique sua resposta.

b) Em certo momento, Ed afirma ser apenas um "Chapeuzinho Vermelho assustado". Tendo em vista toda a narrativa, você associaria o namorado de Rita a Chapeuzinho Vermelho, ao Lobo Mau, a estas duas personagens (dependendo do contexto) ou a nenhuma delas? Justifique sua resposta.

c) Em uma de suas falas, Rita é associada ao Lobo Mau: "[...] pude ouvir com ouvidos de loba". Por que, nessa situação, seus ouvidos seriam de "loba"?

d) E quanto ao professor de inglês? A que personagem da história de Chapeuzinho Vermelho ele poderia ser associado?

Linguagem

6. A linguagem utilizada por Rita em seus relatos é bastante coloquial, caracterizada por gírias, abreviações e outros elementos próprios da oralidade.

   a) Esse tipo de linguagem é adequado ao gênero da narrativa? Justifique sua resposta.

   b) Em sua opinião, a linguagem coloquial confere que características ao texto?

7. No capítulo "Alice no país da gravidez", além da informalidade no modo de se expressar, o que as falas da empregada Alice revelam sobre essa personagem, em termos de linguagem?

Produção de textos

8. No capítulo "Esperar é preciso", a autora utiliza uma técnica interessante para revelar aos leitores, por meio de cartas, como está o relacionamento de Rita e Ed. Explore essa mesma técnica para retratar a relação entre: duas amigas; mãe e filho; professor e aluno.